만인만이 만인이 아니다
만물도 만인이다

萬人譜
만인보

완 간 개 정 판

만인보

고 은

萬人譜

1 / 2 / 3

창비

시의 생활 30년이 돼간다. 이 땅의 말로 시를 쓰는 일은 다른 나라의 그것보다 더 절실성이 요구된다는 것을 깨칠 만한 세월이기도 하다. 암울의 세월이기도 하다.

언젠가 나는 이 땅의 말로 시를 쓰는 것을 질곡이라고 생각한 적도 있다. 그것이 현실의 질곡과 시의 질곡이 하나라는 사실로 인식됨으로써 나는 시가 역사의 산물임을 터득한 것이다. 30년은 이 땅의 많은 사람들에게 헛되지 않을 세월이다. 초라하기 짝이 없는 나에게도.

그동안 내 시를 시라고 용인해준 이 땅의 독자 여러분에게 죄책감과 더불어 깊이 감사해 마지않는다. 이 일 많은 땅에서 태어난 까닭으로 나같은 사람도 한 시인으로 일하도록 받아들여준 은혜 또한 크다. 이런 사실을 성찰할 때 나는 다시 한번 세상의 시인이 될 의무로 새로워진다.

그러므로 이 땅의 말을 함부로 썼구나 하는 뼈아픈 회고도 회고려니와 이와 함께 내가 앞으로 써야 할 말이 두려운 바 있다. 바로 이 두려움으로부터 나는 거듭나야 할 운명을 본다. 생각건대 이 땅의 삼천리강산 위에 내가 살고 있음이 엄연하다. 무슨 일이 있더라도 시인으로 사는 일을 다 할 터이다. 시가 죽으면 진실이 죽는다. 노예로부터도 모험으로부터도 시를 살려내지 않으면 안된다. 능히 역사의 이름으로 그래야겠다.

나의 20대부터 50대에 이르는 동안 내 시의 행로 또한 다단한 바 있었다. 나는 방랑의 시대를 살았다. 그것은 동족상잔의 내전으로 인한 폐허를 떠도는 자의 역사에 대한 무책임을 자유로 착각한 전후세대의 삶이었다. 허무가 내 청춘의 권리였다. 나는 6·25로 산에 들어갔고 4·19로 산에서 내려왔다.

역사는 이런 나의 삶에 각성을 요구했다. 그 요구를 발견했을 때의 나의 감격은 아직까지도 선명하다. 70년대로부터.

더러 시련이랄 것도 없는 시련을 겪은 셈이기도 하지만 그것이 어디나 혼자 겪는 것도 아닌 바에는 도리어 그 시련 가운데 내 시의 원천이 있음을 알게 된 기쁨은 이만저만이 아니었다.

내가 서사시『백두산』을 비롯한 다른 계획들과 함께 꿈꾼 것이 이『만인보(萬人譜)』이다. 80년대 벽두 남한산성 아래에서 살 때 이 계획이 떠올랐다가 이제야 그 꿈이 실현되기 시작한다. 나는 이제 서구시의 외세로부터 해방된 것이다. 이 말 한마디에 내 긍지의 전부가 들어 있다.

이 전작시편『만인보』는 막말로 말해 내가 이 세상에 와서 알게 된 사람들에 대한 노래의 집결이다. 나의 만남은 전혀 개인적인 것이 아니다. 그것은 궁극적으로 공적인 것이다. 이 공공성이야말로 개인적인 망각과 방임으로 사라질 수 없는 것이며, 그것은 삶 자체로서의 진실의 기념으로 그 일회성을 막아야 한다. 하잘것없는 만남 하나에도 거기에는 역사의 불가결성이 있다.

이같은 원칙이 나에게 길들여진바 사람들의 서사적인 숭엄성으로 되고 거기에서 이 시편이 나온 것이다. 여기에는 사람의 추악까지도 해당되어야 했다. 소위 진선미만으로는 사람을 다 밝힐 수 있는 때는 사실인즉 이 세상 어디에도 없다. 그것은 위선에만 있기 때문이다.

우선 내 어린 시절의 기초환경으로부터 나아간다. 그것은 다음 단계인 편력시대의 여러 지역과 사회 각계 그리고 이 땅의 광막한 역사와 산야에 잠겨 있는 세상의 삶을 사람 하나하나를 통해 현재화할 터이다. 이는 결국 가서 민족의 동시적 형상화가 들어 있어 마땅하다. 따라서 민족 생명력의 전형화 역시 덤으로 기대하고 있다.

그러니까 이 작업의 계속은 나의 사람에 대한 끝없는 시적 탐구이자 이름 없는 역사행위이고자 한다. 시인이 역사의 관능 없이는 살 수 없는 연유이겠다.

한마디 덧붙인다면, 서사시 『백두산』은 사람을 총체화하는 것인 반면 『만인보』는 민족을 개체의 생명성으로부터 귀납하는 수작이라고 해야겠다.

지난 20년 동안 이 땅의 문학과 민족현실의 엄정한 진로를 개척해온 창작과비평사가 죽었다가 살아나 그 이름 두 자만이 남겨진 채 다시 일을 하기 시작하는 이토록 감회 깊은 판에 이 책이 나오게 된 점을 나는 마음 속에 아로새기고 있다. 우리는 넓다. 우리는 그 무엇보다 길다.

1980년대 복판을 지나며
고은

만인보 2

만인보 3

일러두기 ———

완간 개정판 『만인보』 1·2·3권은 초판본(창작과비평사 1986)을 원본으로 삼고, 『고은
전집』(김영사 2002) 이후 저자의 개고분을 반영하였습니다.

만 인 보

01

萬 人 譜

서시

너와 나 사이
여기에 머나먼 별빛이 온다
부여땅 몇천리
마한 쉰네 고을마다 변한 진한 마을마다
나와 너 사이 만남이 있다
그 이래 하나의 마음이 되고 만 노래에 이르기까지
하나의 노래 수많은 노래로 흩어지기까지
이 오랜 땅에서
서로 헤어진다는 것은 확대이다
어느 누구도 저 혼자일 수 없는
삶의 날들이 있다

오 사람은 사람과 사람 사이에서 기어이 사람이다

할아버지

아무리 인사불성으로 취해서도
입안의 혓바닥하고
베등거리 등때기에 꽂은 곰방대는
용케 떨어뜨리지 않는 사람
어쩌다가 막걸리 한 말이면 큰 공훈이므로
논두렁에 뻗어 곯아떨어지거든
아들 셋이 쪼르르 효자로 달려가
영차영차 떠메어와야 하는 사람
집에 와 또 마셔야지 삭은 울바자 쓰러뜨리며
동네방네 대고 헛군데 대고
엊그제 벼락 떨어진 건넛마을
시뻘건 황토밭에 대고
이년아 이년아 이년아 외치다 잠드는 사람
그러나 술 깨면 숫제 맹물하고 형제 아닌 적 없이
처마 끝 썩은 낙숫물 떨어지는데
오래 야단받이 팔짱 끼고 서 있는 사람 고한길

그러다가도 크게 깨달았는지
아가 일본은 우리나라가 아니란다
옛날 충무공이 일본놈들 혼내줬단다 기죽지 말어라
집안 식구 서너 끼니 어질어질 굶주리면
부엌짝 군불 때어 굴뚝에 연기 낸다
남이 보기에 죽사발이라도 끓여먹는구나 속여야 하므로
맹물 끓이자면 솔가지 때니 연기 한번 죽어라고 자욱하다

삼년 원수도 술 주면 좋고 그런 술로 하늘과 논 삼아 콩밭 삼아
8월 땡볕에 기운찬 들 바라본다
거기에는 남에게 넘어간 내 논으로 가득하다
작년 도깨비불도 떠올라 가득하다

이 세상 와서 생긴 이름 있으나마나
죽어서도 이름 석 자 새길 돌 하나 모르고
오로지 제사 때 지방에는 학생부군이면 된다
실컷 배웠으므로
실컷 못 배웠으므로

머슴 대길이

새터 관전이네 머슴 대길이는
상머슴으로
누룩도야지 한 마리 번쩍 들어
도야지우리에 넘겼지요
그야말로 도야지 멱따는 소리까지도 후딱 넘겼지요
밥때 늦어도 투덜댈 줄 통 모르고
이른 아침 동네길 이슬도 털고 잘도 치워 훤히 가르마 냈지요
그러나 낮보다 어둠에 빛나는 먹눈이었지요
머슴방 등잔불 아래
나는 대길이 아저씨한테 가갸거겨 배웠지요
그리하여 장화홍련전을 주룩주룩 비 오듯 읽었지요
어린아이 세상에 눈떴지요
일제 36년 지나간 뒤 가갸거겨 아는 놈은 나밖에 없었지요

대길이 아저씨한테는
주인도 동네 어른들도 함부로 대하지 못하였지요
살구꽃 핀 마을 뒷산 올라가서
홑적삼 처녀 따위에는 눈요기도 안하고
지겟작대기 뉘어놓고 먼 데 바다를 바라보았지요
나도 따라 바라보았지요
우르르르 달려가는 바다 울음소리 들리는 듯하였지요
찬 겨울 눈더미 가운데서도
덜렁 겨드랑이에 바람 잘도 드나들었지요
그가 말하였지요

사람이 너무 호강하면 저밖에 모른단다
남하고 사는 세상이란다

대길이 아저씨
그는 나에게 불빛이었지요
자다 깨어도 그대로 켜져서 밤새우는 긴 불빛이었지요

애꾸 양반

옥정골 홀아비 애꾸 양반
발채 넘실넘실
고구마넌출 한 짐 지고 가는데
쌀잠자리도 따라가는데
장난꾸러기 다목이 따라가다가
그만 고구마넌출 하나 냉큼 잡아채어
지게째 넘어뜨리고 달아나버렸다
얼라 죽었나?
한참 있다가 애꾸 양반 넌출 걷고 일어나서
한마디
젠장 대낮에도 도깨비 양반 장난이구만그려

내시 처선

무오사화 갑자사화 마구 쳐죽이는 판인데
내외명부 마구 능욕하는 판인데
녹수야 녹수야 네년만 얼씨구 춤추는 판인데
왕은 점점 더 미쳐 날뛰며
계집을 활짝 께벗기고 저도 발가벗어버리고
짐승놀이 처용무 춤추는데
보다
보다 못해
전하 이 늙은것이 단종대왕 때부터
네 분 임금 섬겨왔나이다
이것이 무엇을 알리오마는
경서 사서 대강 읽어 감히 살펴보거니와
고금에 마마와 같은 짓 하는 임금 아니 계셨나이다
과하시옵니다 과하시옵니다
왕이 춤추다 말고 어이없는지
아니 뭣이 어째 이 늙은 고자놈이 고금이 어째
하고 정이품 환관 처선에게 활을 당겨버렸다
화살 하나가 처선의 갈빗대에 박혔다
이놈 그래도 주둥이 놀리겠느냐
그러나 그는 갈빗대 아픔 조금도 두려워하지 않았다
뜻 있다면 조정 대신도 선비도 목숨을 아끼지 않는 이때
이 내시가 어찌 두려워하겠나이까
다만 한스럽기는 이대로 가다가는
마마께오서 임금 노릇 오래 못하실까 그것이 두렵나이다

뭣이 어쩌고 어째
왕은 노기충천 벌거숭이로 화살 하나 또 날렸다
처선이 푹 거꾸러졌다
이번에는 그의 다리 하나를 칼로 자르고
이놈아 어디 걸어봐라
그는 왕을 쳐다보고
마마께서는 다리 없이도 걸을 수 있나이까
그러자 이번에는 그의 혓바닥을 잘라냈다
숨 끊길 때까지 처선의 입에는 무슨 말을 가득 담고 있었다
왕은 극한으로 미쳐버렸다
또 이번에는 환관 김처선의 배 갈라 창자를 꺼내 던졌다
처선의 시체를 호랑이울 호랑이에게 던져버렸다
그뒤 왕은 곳 처(處)자만 나오면 당장 없애라 하였다
그래서 처서 절기도 조서라 고쳤고
처용무도 처자가 있다 하여 풍두무로 고쳐 불렀다
그것으로도 안 차서
처선의 양자 이공신을 죽이고 가산 몰수하고
그의 집 헐어 연못을 팠다
그것으로도 안 차서 양자 본관인 충청도 전의 고을을
하루아침에 폐해버리고
그 친부모의 무덤까지 평지로 만들고
비석 쪼가리까지 쑥 뽑아버리고
그 일가 칠촌까지 중벌을 주어 죽이고 내쫓았다
으하하하 호호호 으하하하 호호호호

으하하하
으하하하
어디 또 연못 팔 놈 없느냐
으하하하하

동고티 무덤

입춘 무렵 보리밭 하나는 신명나 푸르지만
중뜸 아이들 쇠정지 아이들 대여섯이
어디 갈 데 있나
걸핏하면 동고티 큰 무덤
매련퉁이 무덤에 가
자치기도 하고 개씨름도 하다가
한두 놈은 끝내 울기 십상이지
그런지라 그 무덤 배겨나지 못해서
이제는 잔디밭 다 벗겨져 벌거숭이 되고 말았지
갈메 조송덕이 영감네
할아버지라나 증조할아버지라나
그 할아버지 금실 좋게 합장한 무덤인데
송덕이 영감 간도로 떠나버리자
누구 하나 돌보지 않는
길가에 나앉은 엉뚱한 상팔자 되었네
아이들이야 뭘 아나
그저 하루하루 닳아빠지는 무덤에서 까불어댈밖에
그러던 어느날 밤 꿈에
그 무덤 속에서 하얀 수염 할아버지 할머니 일어나서
이놈들아
우리가 고단하다 다른 데 가 놀아라
산 사람하고 죽은 사람하고 너무 가까워도 안 좋느니라
이 꿈 꾼 봉식이가 글쎄 그뒤로 시름시름 앓다가
그냥 약탕관 두고 숨 꼴칵 거두고 말았지

삼만이 할머니

중뜸 간지랑나무 목백일홍나무에
느지감치 분홍꽃 덩어리 피어난 여름
첫물 모기에 어린 살 물리며 듣던 이야기
옛날 옛적 이야기

옛날 옛적 한 마을에 늙은 홀어머니 모시고
단둘이 사는 노총각이 있었는데 효자 노총각 있었는데

철종 때인지 고종 때인지 어느 때일 까닭도 없이
어느 이야기나 다 옛날 옛적으로 시작하는 이야기
두리넓적 얼금뱅이 삼만이 할머니
눈 펑펑 내리는 날
한없는 날
화롯불 삭아서 방 안 썰렁해도
옛날 옛적 노총각 이야기
그 이야기에 이어서 이번에는 명주실꾸리 이야기

옛날 옛적 한 마을에 한 아이가 살고 있는데
그만 강도들에게 제 누나가 업혀갔는데
그 겨를에도 명주실꾸리에 실 매고 간 누나 찾아
명주실 따라 산 넘고 물 건너 갔더니
이윽고 어느 우물 열 길 드리워져서
그 우물 밑으로 내려가 바윗장 들추었더니
아 그곳은 별천지라

이 세상은 엄동설한인데 그곳에는 복사꽃 핀 별천지라
내일이면 청사초롱 초례청 차려
강도 우두머리의 마누라 될 누나 찾아서
에그머니나 어서 돌아가야지
누나 업고 산 넘고 물 건너 돌아와
누나는 이웃마을 총각한테 시집가고
아우는 건넛마을 달덩이 같은 큰애기한테 장가들어
잘 먹고 잘살아서 백여든다섯살까지 갔다는 이야기
어찌도 그리 쩍쩍 눌어붙는 입담인지
우리들 어린아이들
산머루 눈동자에 온갖 세상 다 보여주고는 그 세상 도로 걷어갔지
그 할머니 죽을 때도 이야기하려고 그랬는지
입을 크게 벌리고 죽었다지
아무리 입 닫아드려도 도로 벌어졌다지

대바구니장수

대길이 머슴방에는 등짐장수도 오지
아랫녘 담양 대바구니 대소쿠리 겹겹이 매어 지고
멀리멀리 북녘 두만강 상상봉까지 서수라까지
하도 추워서 가다가 얼어붙고 가다가 얼어붙고 해서
봄이 와야 발바닥이 떨어진다는 그곳까지
내 나라 실컷 떠도는 등짐장수도 오지
그가 그만 장삿길에 대바구니값 없애고
딱한 처지가 되자
선뜻 대길이는 새경 밑천 뚝 떼어
돈을 꾸어주었지
내년 이맘때 갚으러 오겠네
등짐장수 신바람 날리며 떠난 이래
한해 두해 되어도 감감무소식이라
거봐
거봐
사람마다 대길이 돈 떼였다고 떠들어도
정작 대길이야 아무 내색도 없이
높이높이 가는새끼 꼬아올리지
그런 뒤 두 해포 지난 어느 초겨울
돈 꾸어간 대바구니장수 드디어 나타났지
허어 술 한 병하고 마른 가오리 한 죽도 사왔지
3년 전의 빚과 거기에 더 얹은 얼마 내놓으며
돌고 돌다가 이제야 왔네 미안스럽네
대길이도 대꾸 한마디

그동안 고생 많았지요?
한잔 먹세
그럽시다
대길이 옆 복길이도 얼씨구 좋아 한잔 얻어먹고 또 군침 돌았지
암 그래야지 그래야지

나그네

어쩌자고 이런 꼿등 두메마을에 해설피 나타나는지
새터 머슴방에 나그네 당도하네
빈대 피로 댓잎 그림 잘도 그려진 방
그을음 많은 등잔불 하나 놓고
진만이 육손이 사팔뜨기 복길이 새삼 반갑네
게다가 떠도는 나그네 들어오니 꽃 피듯 반갑네
만에 하나 나그네 푸대접하다니 천벌 열 번이나 받아 싸지
없으면 없는 대로 김치라도 내다가 찬물 안주 삼아야지
이곳저곳 나그네인지라
세상 이야기 끝 간 데 몰라
그 나그네 고단한 김에도 잠도 없이
신새벽까지 이 이야기 저 이야기 신명나다가
나중에는 이야기가 노래 되어 흥얼거리다가
문 열고 나가 참았던 소피 으스스 시원하기도 하네
한술 더 떠서 어찌 그리 하늘 가득히 별의 기쁨 아우성치나

신라 사복

원효사마 여색 한번 보고 으리으리한 절간 쫓겨나서
천민 사복이하고 지내다가
사복의 어미 죽으니
제 어미를 암소라 하며 이랴이랴 하던 기구한 놈의 기구한 호상 되어
하늘 아래 상거지 장사 지내다가
원효 한마디 있어야 하는지라
태어나지 말지어다 죽기 괴롭도다
죽지 말지어다 태어나기 괴롭도다
가만히 듣던 사복이
에잇 번거롭네
그냥 생사가 다 괴롭도다로 하게
그러고 나서 사복이 제 어미 묻고 춤추었네
에잇 번거롭네 그것도 그만두게나
말없음이여
비로소 말없음으로 엄중한 삼천대천세계에 꽉찬 말이여

당숙모 바그메댁

큰집 뒤안에는 여섯 길 되는 우물이 있지요
막내당숙 필엽이 오촌 장가가서
온 마을이 환한 신부 데리고 왔지요
원삼 족두리 하루 내내 견디더니
이튿날 남색 스란치마에 눈같이 흰 저고리 입고
컴컴큼큼한 부엌에 나왔지요
시집와서
처음으로 살림하는 날
깊은 우물에 두레박 내려뜨리며
뭐가 그리 탐탁한지 복스러이 복스러이 웃음 머금고
어린아이들 보고도 웃음 머금고
집안 어른 보고도 고개 숙여 웃음 머금고
이렇게 살기 시작하여
제금나더니
밭 늘고 논 늘고
아들딸 칠남매 보았지요
동고티 그 집에 놀러 가면
그 여동밥 뜨기도 어려운 시절
보리 볶아 한 소쿠리씩 내주었지요
당숙모 바그메댁
웃을 때 잇몸 나오며 그 웃음소리 까르르 담 넘었지요

사행이 아저씨

미제 방죽 물 위에
오직 한 사람
키다리 사행이 아저씨
주낙배 주낙 건는다
사행이 아들 칠성이 물가에 뛰어왔다
너무 멀어서 불러도 소용없다
아버지 아버지 어머니가 죽었어 눈뜨고 죽었어

사람과 사람 사이 영영 끊어져 잔물결 인다

어머니

하루 내내 뼈도 없고 뉘도 없는 만경강 갯벌에 가서
그 아득한 따라지 갯벌 나문재 찾아 발목 빠지다가 오니
북두칠성 푹 가라앉은 신새벽이구나 단내 나는구나
곤한 몸 누일 데 없이 보리쌀 아시방아 찧어야지
도굿대 솟아 캄캄한 허공 치고 내리찧어 땅 뚫는구나
비 오는 땀방울 보리쌀에 뚝뚝 떨어져 간 맞추니
에라 만수 그 밥맛에 어린것 쑥 자라나겠구나
여기 말고 어드메 복받치는 목숨 따로 부지하겠는가
이 땅의 한 아낙의 목숨이 어찌 만목숨 살리지 않겠는가
충청도 장항에서 흐린 물 느린 물 건너
삐거덕 돛배에 가마 태워 시집온 이래 그 고생길 이래
된장 간장 한 단지 갖추지 못한 시집살이에 몸담아
첫아들 낳은 뒤 이틀 만에 그놈의 보리방아 찧어
두벌 김매는 논에 광주리밥 해서 이고 나가니
산후 피 펑펑 쏟아 말 못할 속곳 다섯 벌 빨아야 했다
그러나 바지랑대 걸음걸이 한번 씨원씨원해서
보라 동부새바람 따위 일으켜 벌써 저만큼 가고 있구나
갖가지 일에 노래 하나 부르지 못하고 보릿고개 봄 다 가고
여름 밭 그대로 두면 범의 새끼 열 마리 기르는 폭 아닌가
우거진 풀 가운데서 가난 가운데서 그놈의 일 가운데서
나의 어머니 나의 어머니 어찌 나의 어머니인가

또섭섭이

아들 자랑은 유자 자랑 딸 자랑은 참외 자랑이지요
어디 이를 말인가요
아들 바랬다가 딸 낳아 섭섭이
이번에도 아들 바랬다가 딸 낳아 또섭섭이
타관바치 복술이 영감땡감네 둘째딸
주근깨 많은 딸
나는 그 또섭섭이하고 단짝이었지요
동네 징소리 나면
송아지 놀라 달아나고
우리도 사방치기하다가 놀라지요
하늘도 멍청한 눈 크게 떠 숫제 구름 한점 없지요

고모부

고모부 강일순은 하필 강증산하고 한 이름이라
괜히 그놈의 무극대도 믿어
이따금 눈감고 빈 입으로 중얼댔지요
그러다가 정작 병들어 누우니
이 노릇도 작파해버리고
저 노릇도 작파해버리고
서래 선창 갈대밭 사이 나가는 배 뱃노래 듣다가
어린아이 다 되어 눈물바람 적시더니
부엌데기 고모 불러서
이 사람아
나 죽으면 심심할 테니
이것이나 배워보소
피우던 담배 여차여차 건네니
고모는 억지로 담배 빨고 기침했지요
그뒤 고모부 세상 떠난 뒤
홀어미 된 늙은 고모 담배연기 길게 길게 내뿜었지요
그게 어디 담배연기뿐이리오 죽은 영감 담배연기 아니리오

장복이

옹생원 장복이 영감 알부자면서 술 한잔 안 내는 양반인데
천행으로 마누라가 인정 써서 동네 인심 간신히 이어갑니다
그 장복이 영감네 소 두 마리 있는데 워낭 달았는데
한 마리는 아들 맹규가 풀 뜯기러 바우배기 밭두렁으로 가고
한 마리는 아버지 장복이가 중뜸으로 몰고
고래실논과 밭 사이 언덕배기로 풀 뜯기러 갑니다
그런데 중뜸 과부 순임이 어머니와 어느새 눈 맞춰
그들이 내외 지어 호밀밭에서 나오는 것을 들켰습니다
자 일이 이렇게 되자 노인 여섯이 두레 판관으로 나서서
쇠정지 마루에 멍석 깔고 두 사람 불러 실토를 받은 뒤
두 사람 중 순임이 어머니 동네에서 떠나라는 판결이 내렸습니다
순임이네 자매는 그 아리따운 얼굴로 앙알앙알 울었습니다
우는 딸 둘 데리고 영감 산소 두고 정든 집 버리고
이부자리 큰 보따리 농짝과 큰 솥 작은 솥 실어서
할미산 넘어 솔바람소리 무던한 날 떠나갔습니다
장복이 영감도 그 뻔뻔스러운 영감도 일이 이 지경 되었으니
당분간 어디 타처에 떠나 독장수 헛궁리깨나 하다가
한식날 전날 찬바람에 붉은 귀 달고 돌아왔습니다
그러나 그 영감 다시는 중뜸으로 소 풀 뜯기러 가지 않고
거기 가서 두근반 세근반 어슬렁대는 노릇도 그만두었습니다
빈집 순임이네 집 마당은 여름살이 쇠비름 개비름깨나 절었습니다

장복이

곽낙원

물론 낫 놓고 기역자 알 리 없는
황해도 텃골 군역전 부쳐먹는 쌍놈의 집 아낙입니다
그런 아낙이 제 자식 창수가
대동강 치하포 나루에서 왜놈 한놈 때려죽이고
물 건너 인천 감리영 옥에 갇히니
초가삼간 다 못질해버리고
객줏집 식모살이 침모살이 해가며 옥바라지
차꼬 물린 살인죄 자식 면회 가서
내 자식 장하다 장하다
아들 두둔했습니다
그뒤로도
아들 옥방에 갇히니
나는 네가 경기감사 한 것보다 더 기쁘다
이렇게 힘찬 말 했습니다

몇십년 뒤 여든살 바라보는 백발 노모
중국에 건너와
낙양군관학교 사람들이 생신날 축하하려고
돈 몇푼씩 걷은 걸 알고
그 돈 미리 받아내어
생신날 단총 두 자루 내놓으며
자네들 걷은 돈으로 샀으니
내 생일 축하의 뜻으로 이 총 쏴
부디부디 독립운동 이루어주시게

그뒤 그녀는 여든두살로 중경땅에서 눈감았습니다
나라 독립 못 보고 죽는 것 원통하다
이 말이 그녀가 남긴 말 한마디 아니고 무엇입니까

대기 왕고모

들길로 시오릿길 대기마을에서
왕고모 올 때는 길 가득합니다
그 왕고모가 할머니 죽은 날
오자마자 큰 몸뚱이 들썩이며 울부짖었습니다
땅도 치고 허벅 치고 울부짖더니
성님 이게 웬일이여
나하고 회현장에서 만나
국수가 오래 불어터져서 우동 된 놈 사먹고
또 언젠가는 막걸리 한 사발에
국 뜨거운 국말이밥도 사먹던 일 엊그제 같은데
하마 5년 6년 쏨빡 지나갔구려
작년 가을 왔을 때
성님 하는 말이 몇달만 있으면
이놈의 병 썩 물러가서
내 사대삭신 훨훨 날아다닐 것이라고 하더니
어디로 날아가셨소그려 아이고 성님 아이고 성님
인제 가면 언제 오려오
개똥밭 쇠똥밭 살아도 이 세상이 좋다는데
성님 저승 가서
그 큰 저승 가서
어느 회상에 찡겨 사시려오
아이고대고 아이고아이고
이렇게 사설깨나 늘어놓으며 애통해하다가
콧물 한번 훑어내고 문득 뒤돌아다보더니

거기에 송말에서 시집온 재종동생의 댁 보고는
이제까지의 청승 다 어디 갔나 싶게
아이고 송말사람
자네 얼굴 한번 환하네그려
애들 잘 크지
논 한 배미 또 사들였다며
그 우물 새로 앉히고 자네 집 운이 돌아왔네그려
슬픔이란 것이 하나도 슬픈 것이 아니라
다음 고개 넘어가면
안 보이는 골짜기 개울 아닌가 한판 판소리 아닌가
참 초상집 이런 아낙 들어서야 그나마
술맛 있고 사잣밥 밥맛 있지
안 그런가

삼거리 주막

옥정골 지곡리 두 갈래 난 삼거리에서
잿정지로 난 길 서운하게 갈라지는 삼거리에서
으레 그러려니 주막집 있네
박꽃도 두서너 개 핀 주막집 있네
그 주막 하도나 정갈해서
술 청하는 데 아니라 제사 지내는 데 아니던가
파리 한 마리 앉을 겨를 내주지 않네
쉰살 가깝건만
키 자그마한 앳된 주모 옥선이
막걸리 한 사발 따라놓으면
안주래야 묵은 김치 한 가락이네
여름 한때 햇마늘종 고추장도 나오기는 나온다네
훔칠 것 없어도
손 놀리면 큰일나는지
술상머리 훔치고 또 훔치고
너무 그러면
복이 오다가 도로 가네
그런 소리 듣는 둥 마는 둥
여러 사람 드나드시는데
더러워서야 쓰겠어요
그까짓 복이야 가시든지 마시든지
이런 주막이건만
하루해 뉘엿뉘엿
술꾼 뜸한 한동안은

문득 삼거리 나와
주막집 건너 외진 무덤 하나 보고
아 작은동사람
나도 어서 죽어 자네 옆에 가야 쓰는데
술시중 들다가 늑장부리고 있네
무덤하고 말하다가
하루가 저무는 날
미제 방죽 물냄새 유난히도 진한 날

아버지

강 건너 내포 일대
대천장 예산장 서산장
아무리 고달픈 길 걸어도
아버지는 사뭇 꿈꾸는 사람이었습니다
비 오면 두 손으로 비 받으며
아이고아이고 반가워하는 사람이었습니다

정태란 놈

정태는 내 셋째아우로 태어났는데
마마 앓다가 세상 그만두었지
어머니만
어머니이므로 몇번 울었을 뿐
슬픔도 변변치 못하게 그만두었지
떵떵거리는 집 세도가에서야
새끼손가락 가시 하나 들어도
온통 이를 어째 이를 어째 법석이겠지만
허허 솔가지 울바자 삭아 너덜너덜한 집 아이야
죽어도 슬픔 하나 없음이여 백성이여
옛날에 설움에는 먹어 살찌고
걱정에는 안 먹어 살이 내린다지만
허허 먹을 것 어디 있나
세발 장대 휘둘러도
허공의 무정이여
금자동아
은자동아
내 자식 죽어도 슬픔 하나 남지 않은 무정이여

혈의 누

막둥아 이후에는 자손 보전하고 싶은 생각 있거든
나라를 위하여라

이렇게 신소설『혈의 누』의 최씨 노인 말하거니와
일찍이 이인직은 국비로 일본 가서 일본말 배워다가
일본군 통역으로 러일전쟁 종군한다
그뒤 그는 신문사 주필 되고 사장 되더니
마침내 이완용의 비서 겸 통역이 되어 단돈 3천만원으로
삼천리 땅과 2천만 사람을 팔아넘기는 실무자가 된다
이완용의 적수 송병준은 1억원 내야 한다고 했는데
합방 공로 차지하려고
그 1억원을 3천만원으로 파장떨이해버렸다
그뒤 비서 이인직은 작위 하나 못 받고
겨우 매일신보 객원 노릇 하다가
『혈의 누』남기고 죽어
애오개 화장터에서 일본식으로 불태워진다
그때에야 총독부에서
장례비로 4백50원 나온 것이
합방 실무 은사금이렷다
이가 곧 조선 신소설 선구자렷다
그뒤로 최남선 이광수가 우뚝 솟은 선구자렷다
아 이 땅의 신시대 글쟁이들 가슴 아프게 경배할진저

귀섬 여편네

여섯살 때 막냇삼촌 따라
간척 들 이십릿길 건너가서
어린 다리몽댕이 휘어지게 건너가서
하늘 가득히 솟아오른 바다에 이르렀습니다
썰물 무렵 물 빠진 갯벌길 기다렸다가
귀섬에 건너가서
그 섬의 뱃놈 여편네
우렁찬 여편네 만났습니다
내 자식 살아 있으면 너만하겠다
옜다 이것 가지고 가 그냥 먹어라 쪄먹어라
푸르딩딩한 큰 주둥이로 말하며
홍어 한 마리 덥석 찢어내었습니다
그 여편네는 그냥 사람이 아니라 자식 삼킨 바다 복판이었습니다
그뒤로 나는 할미산에 올라가
언제까지나 그 바다 그 섬여편네를 바라보았습니다
내 발바닥 쥐가 나게 바라보았습니다

관묵이 아저씨

관묵이 아저씨네는
방앗간에다가
산지사방 장리쌀에다가
꿩 먹고 알 먹는 알부자지요
그런데 인색하기가
이마빼기 찔러도 피 한 방울 고사하고 물 한 방울 없지요
오랜만에 나들이랍시고 나설 때도
농 속 좀약냄새 좋은 옷 두고
거지 거지 상거지 누더기로
가진 돈이래야
딱 5전 7전 가지고 나서지요
십릿길 항구의 으리으리한 이층집 거리 지나서
오정 때가 지나도
밥 사먹을 줄 모르고
볼일만 후딱 보고
빈 배 곯아 돌아오지요
오다가 남의 집 뽕나무 오디 따먹고
그것으로 실컷 요기하고 오지요
일제말 놋그릇 다 내놔야 할 때
그 집에서 산더미 놋그릇 나왔지요 다 빼앗겼지요

고모

서래나루 시집간 고모
예복이 고모
그 웃음
찬 콩나물국 같은 웃음
예복이 고모
실컷 울고 나 추운 고모

땅꾼 도선이

방죽말 도선이는 뱀 잡아 껍질 훑어내어
그 자리서 소금 뿌려
아작아작 잘도 먹지요
우리는 그가 징그러워 달아나지요
땅꾼 도선이 가는 데마다
살모사든 눌무기든 뭐든
그를 보면 꼼짝달싹 못하고 굳어져서 잡히지요
도선이 송곳 달린 땅꾼막대기 찍히기 전에 이미 잡혀버리지요
우리는 꿈에 볼까 달아나지요
그러나 그는 마음씨 하나 하늘이라
남의 집 초상 나면 궂은일 다 하고
히잉 하고 울어주기도 하지요 삼우젯날도 울어주지요
그 주제에 사람에게는 두루 마음 하나 약하지요

떠나간 작은어머니

맹식이 삼촌은 무슨 식전바람부터 팔자 기박하여
장가 네 번 가서 다 건지지 못하고 말았습니다
그 네번째 작은어머니 참 물색 한번 잘났습니다
동네 아낙들 물동이 일 생각도 없이 우물가 새각시 타령이었습니다
하얀 이마에는 침 발라야지 물 발라서는 안되지
머리 가르마 천릿길로 신선 내리지 하고
시집온 지 한 달 지나도 남의 말 사흘로 끝나지 않았습니다
우리집 대밭에 대순 돋아날 때 참새알 처마에서 알 깰 때
신행길에서 새각시 돌아온 날 그날 아이들도 두근댔습니다
그날밤 삼촌 내외 신방이래야 새 갈대자리 깔았습니다
삼촌 내외하고 집안 아낙네하고 사람냄새 먹이느라
방 가득히 우스갯소리 신소리 애꿎은 소리 방자하였습니다
그런 판에 삼촌이 벌렁 옷 벗어 이를 잡았습니다
수퉁니 엄지손톱에 뚝뚝 터지는 소리 연방 났습니다
누군가가 삼촌의 옷 낚아채다가 새각시한테 던져주었습니다
안되는데 안되는데 그러면 안되는데 던져주고 말았습니다
새 작은어머니 말없이 그 옷 받아 이를 잡아 죽였습니다
그뒤로 한 달포 지나 끝내 우리집 가난 못 견디었는지
그만 이 잡는 사내하고 살기보다 혼자 살기로 작정하였는지
어쩐 영문인지 삼촌과 작은어머니는 이별하기에 이르렀습니다
본디 삼촌은 제멋 부리는 축이어서 마음 달래어
운다고 옛사랑이 오리오마는 그 노래에 가사 지어서
술상 차려놓고 떠나는 작은어머니 앞에서 이별가 불렀습니다
아름다운 작은어머니 마지막 술 따르며 울었습니다

다음날 작은어머니는 제 친정으로 된바람 안고 돌아갔습니다
소달구지에 혼수 따위 싣고 울며불며 돌아갔습니다
그뒤 마을 아낙들 떠난 새각시 생각도 잊었는지
그네들이야 어디에도 떠날 데 없는 이 마을 귀신들입니다
이 마을 물 마시고 이 마을 남정네밖에 통 모르는 귀신들입니다

진달래

할미산에 진달래 활활 타올랐으나
그건 내가 다섯살 때였습니다
그뒤로 몇해 지나는 동안
진달래 뿌리까지 다 캐어다가
겨울 방고래 데워야 하는 신세였으니
딱한 세월이여
봄이 와도 피어날 진달래 없었습니다
사람 가난이
어찌 할미산 뒷동산 가난 아니겠습니까
어쩌다가 한두 뿌리 남아서
그것이라도 진달래라고 피어나서
우리 마을 긴 붉은 댕기 드린 양금이
그 진달래한테 가서
그 둘레 돌멩이 주워다 울타리 치고 나서
한동안 집도 일도 다 잊고 거기 앉아 있다가
오마나! 여태 내가 여기 있었네 어쩌나 어쩌나

고주몽

가라
가서 네 나라를 세워라

한밤중 어머니는 아들을 보냈다
이 아들을 붙들지 않는 어머니는 벼랑이었다

졸본땅 비류수 기슭에 나라가 태어났다

이 땅의 아들이거든
아들이여
가서 네 나라의 말로 말하라
아버지를 버려라
아버지를 버려라
아버지의 성을 버리고 네 성을 칭하라

싸움꾼 기백이

동고티 작은집 옆 기백이 아저씨는
순 맨정신으로도
괜히 누구하고 트집잡아
아 이 씨브럴 놈으 자식 같으니라고!
이렇게 시작한 싸움 멱살 잡고
반 시간도 더 으르렁대다가
할일 내버리고 으르렁대다가
사홧술 먹으러 동구 밖 가게에 가서
사홧술 먹고
또 싸움이 벌어져서
이번에는 코 깨지고 입술 터지고
피범벅이 되고 나서야
진짜배기 사화하세 하고
또 한잔 먹고 돌아와 뻗으니
드르렁드르렁 코 고는 저녁 어스름 태평이로다
그 코 고는 몸뚱이에 들어 있는
철딱서니 철부지 싸움꾼 한놈도 태평이로다

외할머니

소눈
멀뚱멀뚱한 눈
외할머니 눈

나에게 가장 거룩한 사람은 외할머니이외다

해풀 뜯다가 말고
서 있는 소

아 그 사람은 끝끝내 나의 외할머니가 아니외다
이 세상 갗은 평화외다

죽어서 무덤도 없는

엿장수

동네라고 해야
무슨 큰 죄 지을 아무것도 없는데
아무 일도 없는데
높다라니 개가죽나무 잎새 처져버리고
초가삼간 문짝이란 문짝 다 열어제쳐버리고
이것이 하늘이 하는 일인가
매미 쓰르라미만 울다가
뚝 멎어 저무는 여름
그 여름 가고
아침저녁 문득 물이 새로울 무렵
그러나 낮에는 햇볕 한번 따끔따끔하구나
그런 날 엿장수 가위소리
아 마루 밑 귀뚜리 우는 데다 둔 쇠 한 도막
헌 낫도막
그놈 꺼내가지고
부리나케 달려가서
엿 두 가락하고 바꿀 때라니
한 도막 더 받을 때라니
그놈 두 손에 쥐면
다 싫다 다 싫다
멀리멀리 산에 올라가 혼자 먹고 싶었다
눈밑의 먹사마귀 아저씨
엿판 밑에는 벼라별 고물단지 가득 찬 그 아저씨
방죽길 떠나는 가위소리 그 아저씨

아버지보다 좋은 아저씨
엿장수 아저씨

큰집 고모

우리 집안 아낙네와 가시내들과
가운데오촌네 집 뒷방에 모였다
가마니틀 아래
큰집 고모 오복녀 데려다가
모시개떡 해서 나눠먹었다
간도가 어디인가
간도로 가는 오복녀
모시개떡 남은 것 놔두고 언제까지나 울음바다 이루어서
집안 가시내들도 울음바다 이루어서
동네가 떠나가는데
누가 나서서 말리지도 못했다
간도가 어디인가
그렇게 울고 나서
다음날 새벽 보따리 하나 들고
큰집 막내오촌 따라 간도로 가버린 뒤
거기는 오줌 싸면
오줌이 땅에 떨어지기 전에 얼어서
활이 되어 걸리는 추운 곳이라지
거기 가서 어찌 사나
그 어여쁜 오복녀 고모
웃으면 오목하니 볼우물 쌍으로 열리는 고모
자주고름 접은 오목가슴 오복녀 고모
이 땅에서 가지고 갈 것이 무엇이랴
가장 많은 눈물 가지고 간 고모

이동휘의 꾀

자나깨나 겨레만 생각하던 사람
키 큰 사람 구레나룻 진한 사람
그 사람이 간도 들어가
광성중학 경영하다가
빚더미에 잠겼을 때 꾀를 내어
자취를 감췄느니라
소년 송창근을 보내어
동포들에게 보내어
마적단의 편지 돌렸느니라
아무 날 아무 시까지
아무 데 굴로 몸값을 갖다놓아라
그러지 않으면 너희들 조선의 이동휘 장군 죽여버리겠노라
그런 편지를 돌린 다음
아무 날 아무 시 되어
아무 데 굴로 가보니
돈커녕 인기척도 없었느니라
그리하여 간도 화룡현 소영자 바위에 올라앉아
그 사람 엉엉 울었느니라
제 살 궁리뿐
겨레의 일 내치니 어쩌면 좋으냐고 울었느니라
그런 뒤 그 사람 동씨베리아 하바로프스끄로 갔느니라
거기 가서 그놈의 교육 버리고 싸우기 시작했느니라

난산마을 아저씨

만경강 하구 큰바다까지
떠나는 서방 붙잡으려고
달려간 옥구면 선연리 난산마을
섬 한점 될까 말까 하다가
그만둔 난산마을
그 마을 이십릿길 질턱질턱한 길 걸어서
잔생선 가지고 오는 아저씨
코찡찡이 아저씨
장다리꽃 핀 것 보니 살맛난다고 어쩌고
생선 팔 생각 까먹고
누구 만나면 이야기퉤기 하기 좋아하는 아저씨
일제 말기 현해탄 건너
구주탄광 징용으로 끌려가더니
난산마을 빈 개펄 장어 같은 물줄기 따라가봐야
어드메 들리는 소리 있다고
돌아다봐야
끝내 난산마을 아저씨 돌아올 줄 모르는 아저씨
갈매기 네가
어쩌나 그리 심심풀이에 후덕한지
이제는 소리 하나 없는 난산마을 아저씨 저승 아저씨

옥정골 철곤이

옥정골에서나
재 너머 용돌리에서나
서문 밖에서나
철곤이가 슬금슬금 나다니면
저 멍청이 또 나다니네 하고 괄시하지만
그러나저러나 상관없이
언제나 히죽 웃는 사람
박꽃 하이얀 밤에도 웃는 사람
딱 한번 그 웃음 없는 날
일본 순사한테
길모 아버지 죽어라고 매맞던 날

죽은 소금례

살아서는 날마다 칵 뒈지라고 욕사발 먹더니
오랜 병 끝에 죽어나가니
아이고 우리 소금례야 소금례야 소금례야
이 세상에 와서
사람 대접 한번 못 받고 간 가시내도 가시내지만
그렇게 갈 줄 모르고
앓는 딸에게 욕 퍼부었던 소금례 어머니
그 주둥아리에 바람 들었데
남새밭 무 바람 들었네

대보름날

정월 대보름날 단단히 추운 날
식전부터 바쁜 아낙네
밥손님 올 줄 알고
미리 오곡밥
질경이나물 한 가지
사립짝 언저리 확 위에 내다놓는다
이윽고 환갑 거지 회오리처럼 나타나
한바탕 타령 늘어놓으려 하다가
오곡밥 넣어가지고 그냥 간다
삼백예순 날 오늘만 하여라 동냥자루 불룩하다
한바퀴 썩 돌고 동구 밖 나가는 판에
다른 거지 만나니
끼리끼리 무던히도 반갑다
이 동네 갈 것 없네 다 돌았네
자 우리도 개보름 쇠세 하더니
마른 삭정이 꺾어다 불 놓고
그 불에 몸 녹이며
이 집 저 집 밥덩어리 꺼내 먹으며
두 거지 밥 한입 가득히 웃다가 목멘다
어느새 까치 동무들 알고 와서 그 부근 얼쩡댄다

아리랑 영감

박판술 영감이 지나가면
우리는 육자배기가 지나간다고 했지
그가 논두렁에 잠들어 있을 때
우리는 육자배기가 뻗어 있다고 했지
날 좀 보소
날 좀 보소
동지섣달에 꽃 본 듯이 날 좀 보소
그 동지섣달이 뻗어 있다고 했지
육자배기하고
동지섣달하고 그렇게도 잘 부르더니
그 늙은 홀아비 판술 영감은
죽기 이틀 전에도
병든 몸 끌고 토방에 나와
한바탕 진도아리랑 불러댔지
죽 한사발 끓여줄 사람도 없어서
혼자 기어나와 죽 끓여먹고 간장 먹고 앓는 영감
그러던 그 영감 토방에 나왔으니
눈이 펑펑 내리는 날
저 영감 살아날라나보다 어기차다 했는데
다음다음날로
그만 어기차게 이 세상 후딱 떠나버렸지
동네사람들 새로 짠 가마니 두어 장 내다가
둘둘 말아
남생이언덕 바람 속에

홀아비 송장 묻으며
이구동성으로 날 좀 보소 불러주었지
그뒤 괜히 바람 치는 밤이면
남생이언덕 평토장한 무덤에서
그 영감 육자배기도 진도아리랑도 들린다 했지
생전보다 더 기막히게 부르는 밀양아리랑 진도아리랑 들린다 했지

당숙모

큰집 아주머니는
내 육촌누이 덕순이 하나 낳고는
덕순이 영 터를 안 팔아
큰당숙한테 자식 못 낳는다 구박깨나 받더니
기어이 일 냈구나
바로 문 하나 달린 윗방으로 밀려나고
아랫방 아랫목에다 시앗 보아야 했다
밤마다 아랫방에서
새로 온 각시하고 영감하고
미주알고주알 알랑방구 뀌는 것 다 들어야 했다
그러나 거기서도 아들은커녕 딸내미 하나 못 두고
그만 그 각시 떠나버리더니
큰당숙도 세상 떠나고
딸 하나 있는 것 덕순이도 시집가고
혼자된 큰집 아주머니
대밭에 눈더미 툭툭 떨어지는 소리 나도 그만
개 매달아 불태워 잡을 때
그 개 울부짖는 소리도 그만
담 끼고 가노라면
담 너머 본 일 없는 난쟁이키에다가
밭에 앉으면
밭두렁하고 딱 맞는 큰집 아주머니
십년이나 안 먹고 둔 곶감 같은 큰집 아주머니

외삼촌

외삼촌은 나를 자전거에 태우고 갔다
어이할 수 없어라
나의 절반은 이미 외삼촌이었다
가다가
내 발이 바퀴살에 걸려서 다쳤다
신풍리 주재소 앞에서 옥도정기 얻어 발랐다
외삼촌은 달리며 말했다
머스매가 멀리 갈 줄 알아야 한다
나는 상해에 갔다가
북경에 갔다가
만주 지지하루로 갈 것이다
그다음은
남으로 남으로 바다 건너
야자수 우거진 자바에 갈 것이다
이런 답답한 데서
어떻게 한평생 산단 말이냐
갈 것이다
갈 것이다
나중에는 너도 데려다 함께 살 것이다
외삼촌은 자전거를 더 빨리 내몰았다
나는 쌩쌩 바람에 숨이 막혔다
나의 절반은 외삼촌이었다
스치는 십릿길 전봇대여 산의 무덤들이여
그뒤 세세년년 북극 5천 킬로 무소식의 외삼촌이여

코피

방죽골 달석이와 나는 아삼륙이었지 단짝이었지
달석이하고 짚벼늘 밑에 있으면
소한 대한도 눈 깜짝할 사이 가버렸지
재 소쿠리 세워놓고
그 아래 나락 뿌려
재 소쿠리 받친 막대에 매단 끈 잡아다리면
참새 한 마리 잘도 잡는 달석이하고 함께 있으면
그런 날이 아니어도
그애와 나는 배추꼬랑이 찐 것 먹으며
잘도 동네 생일날 제삿날 외워댔지
그애가 제 아버지한테 싸다듬이로 얻어맞고
코피 줄줄 흘리며
동고티 묏등에 왔을 때
나도 피 흘려야 했으므로
나도 내 코 때려 한 번에 안되어
세 번 네 번 때려 코피 흘려서
피범벅된 얼굴로 서로 웃었지
야 나는 너하고 살고 싶다 도망가자
어디로?
옥산면으로 회현면으로 도망가자

의병 정용기

꽃나이에 꽃으로 졌다
젊은 의병 정용기 싸움터에서 죽었다
그뒤로 늙은 아비 정환직이 나서서
아들 죽은 싸움터에 달려나갔다
그 싸움 끝나고 왜놈에게 잡혔다
처형의 날 전날 새벽에 남긴 노래
이 몸 죽을망정 마음이야 변할쏘냐
의는 무겁고 죽음은 오히려 가볍도다
뒷일 누구에게 부탁할까
생각하고 생각느니 이미 훤한 새벽이구나

기생들

옥정골 양철집 다섯 칸 겹집은
재종조부 한규 할아버지께서
그 천석꾼께서
두번째 소실댁 들여앉히고 지은 집이다
높다란 토방 아래
거위 두 마리가 아무리 싸질러다녀도
텅 빈 마당이다 큰 마당이다
옥정골 고래실 상답 떼어주어서
쌀가마깨나 곳간에 그득그득 들어서지만
날마다 정짓간 도마소리 요란하지만
날이 갈수록 안 맞아서
뼈만 앙상하더니
기어이 양잿물 먹고 피 토하고 쓰러졌다
본디 소실댁이야 군산부 낙양관 기생이라
이 소식 듣고
기생 스무 사람 우르르 몰려와서
낙양관뿐 아니라
금강옥 풍년관 기생들 몰려와서
우리 동생 난향이 내놔라 살려 내놔라
사흘 밤 꼬박 양철집 떠나가게 울고불고 웅성댔다
옥정골 사람 용돌리 사람 지곡리 사람들
혀 내두르며
기생년들 의리 하나 장할시고 장할시고
재종조부는 뒤가 구린지 어쨌는지 경성으로 줄행랑이었다

일본 순사 나리가 와서
기생들 닭 쫓듯 쫓아버렸다
그러나 3년 뒤
천석꾼 할아버지 소작인 열여섯이
기생들 본떠
소작료 쌀 반 가마 감해달라고 웅성대며
밤 꼬박 새웠다 이겼다 이기고 돌아갔다

강도들

쇠정지 마루 한밤중 징소리 광광광
다섯살 때 잠자다가 들은 징소리
울며불며 들은 징소리
온 동네가 숨죽인 다급한 그 징소리
부자 정두네 집에 강도 들었다
나락 열다섯 섬을 쥐도 새도 모르게 메고 갔다
도둑이 달릴까 했더니 우뚝 선다더니
정작 동네사람들이 횃불 들고
쇠스랑 들고 괭이 들고
지겟작대기 들고 나섰지만
산 넘어 방죽 물가로
갈메 똘길로 나섰지만
너도나도 간이 콩만하게 떨며 나섰지만
어디 하나 강도 자취 없다 나락 한낟 흘린 데 없다
폐일언하고 귀신 곡할 노릇
동트자 참새 방정떨고 할미산 햇덩이 돋았다
그토록 무섭던 세상 날이 새니 작것 아무것도 아니구나
그 마흔 번 쉰 번도 더 친 징소리 씨도 없이 온데간데없구나
참새야 참새야
이 세상은 소리 무덤이구나
집도 절도 무덤이구나

작은고모

큰고모 등짝에서
나문재 뜯으러 간 어머니 기다리는 등짝에서
배고파 울다가 말다가 하는 등짝에서
나는 별을 처음 보았다
별이 아니라 밥이었다
별 따먹으면 배부르겠다고
별 따줘 별 따줘 새로 울었다
작은고모 야문이는
나 한번 업지도 못하고
뽕나무 익은 오디 찾아다녔다
그러더니 이질에 걸리자마자 세상 떠났다
할아버지는 어머니를 때렸다
네년이 야문이를 안 먹여 죽였다고
약 한첩 못 써 죽었다고 때렸다
어머니는 키로 막다가 실컷 맞고 굴뚝에 가 울었다

사정리 할아버지

마당 다 쓸고
저녁 모깃불 놓기 전
큼 큼 큼 헛기침 세 번 나면
으레 사정리 할아버지 마당에 들어선다
갓 안 쓴 적 없는 곰보 할아버지 키다리 할아버지
그 어른 아이들 줄 것 들고 오는 법 없지만
매양 짝 찢어지게 가난하지만
일하던 갈퀴손 빈손이지만
이놈 잘 있었느냐고 머리 쓰다듬을 때는
죽은 조상들도 다 와서
내 머리 쓰다듬는 듯 든든하였다
꽁보리밥 고봉으로 올려도
어느새 뚝딱 다 자셔버리는 할아버지
우리 할아버지하고
술 두어 사발 마시고 나서
우렁우렁 처마 밑 울리는 목청으로
일자무식 적벽부 잘도 부르는 할아버지
이튿날은 재종조부네 집으로 가서
잘 얻어먹고 떠나는 할아버지
오줌발도 세어서 쉬 소리 가는귀에도 들렸다
곰보에다 키다리에다
일전 한푼 없어도 허공으로 당당한 할아버지

수레기댁

개구리 방죽
개구리만 있고 다 죽은 세상이구나
개구리소리에
수레기댁 우는 소리 있으나마나
오늘밤 영감 떠난 지 10년 제삿날
보리 한 되 들어와
보리밥에 수저 꽂고 울고 있구나
놋수저 몽댕이마저 걷어갔으니
나무수저 꽂고 울고 있구나
개구리 방죽
개구리소리에 울으나마나
죽은 영감 들으나마나

용녀

어머니와 새터 용녀는 가마니 짝입니다
용녀가 짚을 물 때도 있고
바디질을 맡을 때도 있었습니다
다른 집들은 거의 내외가 한짝으로 치는데
어머니는 용녀하고 쳐야 가마니가 잘 짜인다 합니다
어린 나도 한 부조 들어
가마니틀에 올라
어머니의 부산한 몸 내려다봅니다
용녀의 둥근 턱도 내려다봅니다
그러노라면 가마니만 짜이고
두 사람은 이 세상에 없습니다
이렇게 한 장 짜고 나면
다시 바디에 새끼 올 드려야 하고
그때에야 그들은 이야기 하나씩 꺼냅니다
네 어머니 생손 앓는 것 나았니
예 다 나았어요 그 손가락으로 고추장도 찍어먹었어요
참 병만이 아버지 작년 이맘때였지
벌써 그 양반 소상 때구나
그 양반 염할 때
옷 갈아입히며 본 사람이 하는 말이
그 양반 양 어깻죽지 뼈가 푹 내려앉았다더구나
지게질 50년이니 원 그렇지요
이런 이야기 저런 이야기 주고받다가
속이 답답한지

종이짝 누더기문 탁 열어제치니
밖에서 기다리던 찬바람 방 안에 들이닥칩니다
용녀 코에 모인 땀이 금방 식어버립니다
겨울 낮은 짧디짧습니다
점심에 시래기죽 먹고
새참으로 물고구마 하나씩 먹고 나면
벌써 하루가 그만입니다
오마싸랴 어서 가서 아버지 눈 밝게 등잔불 켜놓아야지
얼른 저녁 해먹어야지

보리밭 문둥이

오뉴월 보리밭 거기 가지 말아라
재동이네 보리밭에 용천배기 숨었단다
지나가는 아이 잡아
간 아홉 개 꺼내 먹고 눈썹 난단다
거기 가지 말아라
거기 가지 말아라

못 먹은 조상들 문둥이로 숨었단다
거기 가지 말아라

백제 혜현

긴 겨울 나면 첫째 흙이 새 세상이니라
고구려땅에서 신라에서
원근 각처에서 온 제자들로
혜현 회상 신발이 토방에 가득하구나
삼국 시절 으뜸으로 눈 밝은 사람
법화경 삼론 강론 으리으리한 사람
당나라 건너갈 것도 없이
건너가다가
한밤중 해골바가지 물 마실 것 없이
백제 수덕사
그 사람한테 가서
동방 법화행자의 법 받고자
풀린 땅 멀고 먼 길 모여든다
그들 젊은 사미의 봄
그 봄으로 살아야 하느니라
그 봄 거문고 퉁겨 살아야 하느니라
혜현의 회상 바다 건너 멀리멀리 알려지니
당나라 젊은 사미도 왜놈도 건너왔느니라
그 봄과 가을 겨울 이어서 드넓게 살아야 하느니라

수양 영감

철새 댕기물새 가지에 앉는다
새도 남이 아니라고 말하는 영감
비록 옷소매 땟국은 잘잘 흐를지라도
노여울 때도 씁쓰레 그냥 넘긴다
제 아들
깻묵 같은 아들 둘 잃고 나서
하나는 호열자로
하나는 물에 빠져 죽어서
이 세상 살 생각 통 없다가 한숨도 못 쉬다가
마흔살 넘어
여남은 살쯤 되는 아이
조실부모 아이
이놈 저놈 수양아들 삼았다
집에 두기도 하고
다 친자식 만들어 형편 따라 보내기도 하고
추석 무렵 다가오면
햇대추 후려쳐 한 됫박씩 손수 가져다주는 영감
동네사람들 괜히 비아냥거리기를
웬놈의 수양아들 그리도 많이 두노
그러나 그 영감 차락차락 가라앉은 소리로
사람이 귀한 줄 알면 다 부모 같고 자식 같지 않은가
그 영감 중뜸 비알밭 콩밭두렁 풀 깎다가
산등성이 쭈뼛이 오르는 바람에
일제히 뒤집어진 하얀 콩잎 돌아보더니

참 내일이 그놈 생일이지
이따가 중병아리 한 놈
구럭에 넣어 다녀와야지
크는 놈이라 속이 허하면 안되지 안되구말구

일만이 아버지

서해바다는 영 바다 같지 않아요
헛기침도 하는
삼이웃사람 같아요 이웃집 같아요
무거운 날
연기 다 나간 뒤에도
연기냄새 남아 있는 이웃집 마당 같아요

그런 바다에서 못 돌아오다니

백당메 일만이 아버지 연줄연줄로 배 타러 간 지 5년인데
개야도 몰칫배 뱅엇배 5년인데

머리에 질끈 베수건 동여매고
두 손바닥에 탁 침 뱉어 동아줄 잘 드리던 일만이 아버지
어느새 일만이 자라나서
제 아버지 그대로 찍어냈어요 일만이가 일만이 아버지여요

사정리 할머니

입춘 지나면 바람 하나 앞에 나서서
한결 부드러워진다
장대다리 바람
오리정 바람의 기세가 꺾여
길고 긴 보리밭 사이 먼 길 가는
사정리 할머니 백년 묵은 남바위에도 목도리에도
으쓸으쓸 스며들다가 그만둔다
하늘마저 금방 식은 보리밥 숭늉 입 다물고 있지 않은가

김성숙

1959년 광화문거리 노란 은행잎 널릴 때
나는 처음으로 김성숙 옹을 만났습니다
비각에서 견지동까지
화봉 유엽스님을 따라가서
조계사 밑 컴컴한 다방에서였습니다
그가 말했습니다
나도 한때 중이었지 중이 일하면 큰일 하는 법이지 하고
어디 있느냐고 물었습니다
나는 해인사에 있다고 했습니다
대머리에 굵은 안경테에 몸은 좀 불편한 듯했습니다
호두알 두 개가 손 안에서 달그락대었습니다
그러나 우렁우렁한 말소리로 말하고 고개를 이따금 끄덕였습니다
1898년 평북 철산고을 두메 농부의 아들로 태어나서
어릴 때부터 신학문과 여러 종교에 기울어지다가
이윽고 1916년 이래 중이 되어 만주와 국내 양주 봉선사와
금강산 등지에서 절공부를 익혔습니다
그러다가 혁명노선에 나서서 조선노동공제회에 가입 활약했습니다
다시 압록강 건너 요하 건너 북경으로 가서
장건상 양명 김봉환 이낙구 장지락 등과
창일당을 조직하여 좌익투쟁노선을 이룩했습니다
이때의 동지 장지락이 님 웨일즈 『아리랑』의 김산입니다
그리고 거기에 나오는 '붉은 승려' 김충창이
바로 김성숙이었습니다 운암스님이었습니다
김성숙으로 하여 장지락은 이데올로기를 가지게 되었습니다

"그는 내가 알고 있는 사람 중에서
나에게 가장 큰 감화를 주었다"고
김산이 그리워하는 장면도 『아리랑』에 나옵니다
김성숙은 북경대학에 다니면서 고려유학회 회장이 되고
신채호의 추천으로 의열단에 가입합니다
광동으로 가서 중산대학 정치학을 공부해서
절실한 민족해방과 혁명의 이론을 전개하던 중
광동꼬뮌에 참가한 뒤 상해로 갑니다
그곳에서 재중국조선청년총연맹을 조직하여
그들의 투쟁무대를 만주로 옮겼습니다
1931년 반제동맹을 창립하고 기관지 『봉화』를 편집하고
중국인민군 19로군에 편입해서 상해전투에 나섭니다
그런 뒤 광서사범대 교수로 있다가
1936년 김규식의 조선민족해방동맹에 참가하여
『민족해방』을 발행하며 싸웠습니다
이때가 곧 '김충창'과 '김산'이
서로 혁명의 길을 달리한 때입니다
그는 지루한 중일전쟁 동안 조선민족전선연맹을 만들고
또 조선의용대를 결성했다가 중경의 임정으로 밀려갔습니다
'김산'은 만주로 잠입해서 당의 투쟁을 주도하다가
관동군의 일망타진으로 행방불명이 되고 말았습니다
해방 이후 김성숙은 임정 일행과 함께 추연히 돌아왔습니다
그러나 그가 해본 일은 4·19 뒤 1961년 통사당 정치위원이었습니다
그나마 5·16 군사쿠데타에 의해 서대문형무소에 투옥됩니다

평생 나라 위해 싸운 늙은이를 감옥에 집어넣는 사람들이
이 나라 권력을 틀어쥐게 되다니! 하고
한 평 반짜리 마루방에서 햇볕도 없이 개탄했습니다
1968년 나는 제주도에서 돌아와서 종로 2가 다방에서
그를 다시 만났습니다 중국집 잡탕밥을 얻어먹었습니다
나는 이 파란만장의 칠십 노인 앞에서 어서 하직하고 싶었습니다
다음해 4월 그가 세상 떠난 것도 나는 모르고 있었습니다
소위 예술에 미쳐서 니나노에 빠져서 아무것도 모르고 있었습니다
병원에서 입원비 없는 환자로 처리되어 죽은 뒤에야
몇사람이 가난한 주머니 털어 치료비 대신 시체를 찾아갔습니다
지금 그의 중국 부인 두군혜 여사도 살아 있을 리 없고
그의 아들 두겸 두건 두련 삼형제는 55세로부터 몇년 터울입니다
마땅할진대 혁명은 한 혁명가의 운명을 이렇게 성취합니다

딸

산토끼몰이 잘하던 남수 영감 죽은 이튿날
시집간 딸 옥순이가
마을 밖 오릿길에 접어들면서
머리 풀고 세상 떠나가게 곡성 내니
눈물이 앞을 가려
앞 못 볼 지경으로 곡성을 내니
마을에 들어서자
이 집 저 집 아낙네들 다 나와
쯔쯔쯔 혀 차다가
그네들까지 함께 곡성을 내어주니
온 마을에 슬픔 한번 커다랗다
이만하면 죽은 영감 두 다리도 다시 한번 쭉 뻗겠다
그렇지
슬픔이라도 풍년 들어야지

개사리댁

아들 삼형제 떡두꺼비로 길러내고도
시집온 이래
큰 기침소리 한번 내본 적 없는 개사리댁
누가 뭐라고 해도
마지못해 한마디 응할 뿐
그것도 입으로 나오는 게 아니라
나온 소리 도로 기어들어가도록 작은 소리
그 개사리댁
삼이웃 아낙 가운데
이렇게 말소리 작은 사람 보다 못 보았네
큰아들 장가들여
며느리한테도
잔소리 하나 없이
타진 중의적삼 꿰맬 뿐
호롱불 끌 때의 숨소리도 누구 들리게 내지 않네
그러던 개사리댁
작년부터 시름시름 앓더니
어디가 아픈지도 모르게 앓더니
다 죽게 되어서야
삼형제 방에 모여 임종하는데
생전 구변이 있어야지
유언 한마디 변변히 해보지 못하고
장독대 간장독 뚜껑 볕에 열어두라는 한마디 들릴락 말락 하더니
또 한마디

느이 아버님 옷솜 새로 틀어다 넣어야 할 텐데 하더니
그냥 꼴칵 숨넘어갔네

초례청

풀같이 자라서
풀밭 가시덤불 서낭당 찔레같이 자라서
마른신 한번 신어본 적 없이
남의 논밭에서 뼈가 굵더니
말 한마디 제대로 배울 참 어디 있던가 뭣이여 그려밖에
그렇게 살아오다가
초파일 수박등 같은 인연 닿아
사모관대 쓴 신랑으로 와서 서 있는
관여산 머슴 김복동이 굳은 얼굴
차일에 바람 들어 제법 펄럭이는데
초례상에 놓인 닭 두 마리 겁먹고 야단이구나
꼬꼬댁꼬꼬댁 야단이구나

아이고 가까이 보니 신랑 살짝곰보네
만복깨나 스물스물 기어다니다 박혀 있네

절름발이 떠돌이

남도땅 절룩절룩 떠돌다가
죽은 사람 기산도
의병장 기삼연의 종손자에다가
의병장 고광순의 사위인 기산도
오적 군부대신 이근택을 찌르고 나서
담 넘어 달아났으나
그가 쓴 가발이 벗겨져
가발 주인 이근철이 검거되니
기산도도 체포되었다
모진 고문 받고 옥살이하다가 풀려나
다시 독립군 군자금 모금으로
옥살이하다가
다리병신 되어서
여기저기 떠돌며
오늘은 영암땅 내일은 강진
광산 담양 화순 나주땅 떠돌며 연명하다가
나이 쉰살 먹고 장흥땅에서 꺼꾸러져 죽었다
객줏집 신세도 못 지고 길거리 처마 밑에서 쭈그리고 앉아 죽었다
노낙각시 기어다니는 처마 밑에서

기창이 고모

선산 김씨네는 부자 집안이라
제금난 다섯 형제 다 끌끌하다
기창이 할아버지 환갑날
군산 기생도 셋이나 불러다가
심청가에다 북소리 흥겨웠다
그날 안채 높은 토방 아래
아들 다섯 딸 하나
손자손녀 우쿠르르 모여 사진 박는데
기창이 고모만 유난히 옆으로 서서
제 팔목에 찬 시계 사진에 나오게 자랑하고 있구나
버들가지 물에 불려 꼴머슴 마구 때리던
기창이 할아버지 환갑날
이날만은 너도 와 먹어라 너도 와 먹어라
내일이면 풀 한포기 날 데 없다 개도 도로 물어뜯는다

할머니의 울음소리

추석날 아침
제사상 물려 밥상 한번 갖가지인데
으레 반주에도 지나쳐
술 취한 할아버지가
병든 할머니 귀퉁방머리를 쳤다
병든 사람이 미워지면 여느 사람보다 더 미운 법인가
할머니는 어린애처럼 울었다 엉엉 울었다
우는 소리만은 힘차다 힘찬 청승이었다
우리들은 당기는 밥상 앞에서
하나하나 수저를 놓았다
할머니 울음소리로 동네방네가 추석날 아침 혀를 찼다
아이고 내 팔자야
자식 앞에서 손자 앞에서 얻어맞고 살다니
내가 어서 죽어야지
어서 죽어 이 동네 산에는 발가락 하나 안 묻혀야지
아이고
아이고
온 동네 추석날 아침
하필

재학이 아저씨 손가락

아버지와 단짝인 재학이 아저씨
언제나 든든한 아저씨
아버지하고 경섭이 아저씨하고 셋이 결의형제하여
십년 세월 넘는데
경섭이 아저씨가 죽은 뒤
그 아저씨 아버지가 병들어 누웠을 때
죽은 아들 대신으로 손가락 잘라
피 넣어준 재학이 아저씨
우리집에 올 때는
저만치서 벌써 성님 성님 하고 온다
그러면 아버지는 벽 바르려고
흙하고 여물하고 버무려 밟다가
흙발로 달려나가 어허 동생 오는가 하고 좋아라 한다
그 아저씨 술 담그는 솜씨 한번
군산 옥구 짜아하니
양조장마다 데려가려고 별수 다 쓰건만
그냥 미제 양조장 골방 마다하지 않고 떠나지 않는다
멀리 가면 우리 의형제 뜸해지지 하고 안 떠나 하고 떠나지 않는다
손가락 한 마디 없이도
그 손으로 휘저어 술 담그면
그 막걸리 그 모주 술맛이 곤한 혀에 딱 붙는다
농사철 막걸리통 서너 개씩 실려나갈 때
제 자식 보내듯 팔짱 끼고 바라보는 아저씨
무릎 아래 자식 없어 술 자식 잘 둔 재학이 아저씨

한번은 세상 떠내려가게 억수로 비 오는 밤
성님 성님 하고 달려와서
나 이제 술 안 담그겠소
내 술 먹고 칼부림 나서
원당리 홍성덕이가 박관수한테 찔려죽었소
술 먹고 물꼬싸움 하다가

필례

동고티 멍석 많은 집 필묵이네 집
걸핏하면 필묵이 누나 필례 매맞는다
다 큰 딸 때리는 죄 살인죄 다음인데
필례 아버지
그런 것 알 까닭이 없다
똘에서 가물치 잡아 숫제 고추장도 없이
그냥 뼈 발라먹는 사람
그런 아버지도 아버지거니와
아무리 매맞아도
입 옹다물고
아프다 소리 하나 없는 필례도
단 한번 빌지 않는 필례도 모지락스럽기 여간 아니다
헌 멍석 빌리러 갔다가 듣건대
필례 아버지 매질에 거품 물고 욕사발 퍼붓기를
이 천하에 독살스러운 년
시집가서 친정부모 죽어도 울지 않을 년
오사할 년 어서 내 앞에서 칵 뒈져버려라 칵

지관 오창봉

항상 마누라 볶아
풀 빳빳하게 먹인 모시 두루마기 떨쳐입고
에헴에헴 하고 우자부리는 창봉이 영감
옥정골 창봉이 영감
땅 보는 재주 하나 달고 있어서
자좌오향으로
남으로 주작이요 뒤로 현무로다
중출맥에 부귀현인군자 난다고 떵떵거린다

그러나 정작 창봉이 영감은 이 산 저 산 다니다가
독사에 물려 세상 떠났다

아 이 나라 온 땅이여
어디에 명당 있고
어디에 살혈 흉혈 고여 있는가
땅이란 땅 다 내 조상 울음인데
어디에 명당 있어
이 땅이 이 모양 이 노릇인가
억새풀 한 무더기 뿌리박은 땅 얼마나 오랜 내 자손들 목숨인가

학배

가사메 긴 똘 타고 십리 가면
만경강 하류 염전벌판 트인 가사메에 이릅니다
돌아올 때의 한없는 저녁 낙조 가사메에 이릅니다
그 가사메에 기화 할머니 친정 전씨들이 삽니다
전학배는 땅깨나 남남 팔아넘기며
시 쓰고 소설 쓰고 수필도 씁니다
사랑하던 여자와 주고받은 편지 한 뭉치
그 여자 먼 데로 시집간 뒤
매화나무 밑등 화단에 다 불태워
그 재를 정성으로 묻었습니다
그리하여 「마음의 무덤」이라는 수필을 썼습니다
이광수처럼 뚱그런 안경 쓰고
자전거 찌르릉 타고 면사무소에도 가고 어디에도 가고
언제나 마흔살에도 숫총각같이 마음의 무덤 사랑합니다
그러다가 세월의 여러 굽이 넘으며
지리산 빨치산 다 없어질 무렵
복주복야 술만 청하더니
그러다가 영 실성해버리더니
이따금 그만했다가도 나았다가도
제정신 나다가도
다시 도져서
만경강에 대고
뭐라고
뭐라고

씨부렁거립니다
세상 사나이 사랑하던 딴 여자 하나로
이렇게 못 살게 됩니다
그놈의 여자 하나가 나라인지 누리인지 무슨 마귀인지
하여간 사람이 못할 노릇은 아무개 실연이고 아무개 이별입니다

정안수

공술이 어머니
엉덩짝 한번 쇠죽가마 같은 공술이 어머니
새벽 첫 우물 떠다
한 대접 놓고
그것밖에 아무것도 없이
두 손 서로 만지작거리며 비난수하기를
둘째놈 공덕이 돼지고기 먹고 체한 것 낫게 해주시오
제발 덕분 첫째놈 공달이 집 떠난 사색잡놈 마음잡게 해주시오
촛불이라도 밝혀야 하지만
그냥 새벽어둠 속에서
누구하고 주고받는 듯 간절한 소리 끝 간 데 몰라
벌레소리 하나 없이
방 안에 코 고는 소리 하나 없이

맹식이 삼촌

술에 물 탄 듯해도
어린애들까지도 섬기는 싱거운 사람
싱거운 막걸리 같아도
빠삭하여
알 건 다 아는 사람
저녁나절 소 타고 논에서 돌아오는 사람
어디 소뿐인가
눈 펄펄 날리는 날
그 눈이 이 세상 아득하게 채우는 날
하염없는 우주여 두려움이여
그러나 삼촌은 퇴창문 탁 열더니
허허 눈이 제법이네
산짐승들 어디 가서 뭘 먹고 산다지?

쌍놈 기철이

당북골 김정두네 재실 너머
밤중에는 귀신깨나 돌아다니는 묵은 팽나무 밑 지나면
거기에 기철네 집 한 채 있다
동네 시악시 시집가는 날
으레 맡아놓고 가마 떠메는 기철이 아버지
여느날은 묵정밭뙈기 돌멩이 내내 골라내느라
허리 잔등 펼 때 없다
그 아버지보다 덜렁 키 큰 아들 기철이는
아버지야 동네 김씨네 개만 봐도 고패 떨어뜨리지만
그 아버지의 아들 기철이는
어느덧 꽁보리밥 먹고 스무남 살
코밑에 성난 수염자국 푸르딩딩하고
먹구렁이 잡아가지고 질질 끌고 다니며
동네 아이들 다 달아나면 저 혼자 히죽 웃는다
웃다가 배운 담배 말아 물가에 나가 깊이깊이 빨아댄다
어릴 때부터 이마에 칼 맞아 흉터 그어져서
동무 하나 없이 자라나서도 히죽 웃는다
글쎄 기철이한테 시집올 시악시 없으니
그냥 총각으로 환갑 진갑 다 되면 어쩌란 말인가
기철이 아버지
못 먹는 술 마시고
동구 밖에서 지겟다리 치며
남의 새 며느리 백번이나 가마 태워 데려다주었건만
내 며느리 맞아들일 날

그 언제더냐
그 언제더냐

효조지 영감

할미산 재 넘으면
외딴집 둘 있어요
한 집에는 효조지 영감 내외가 구시렁거리며
무자식 상팔자로 살고 있어요
아침마다 일어나자마자
허리에 차고 다니는 조롱박에
첫 오줌 받아 마시고
오래오래 일흔 넘어 살고 있어요
하루 내내 망건 벗어본 적 없어도
그 앞에서 커나는 자식 없으면
사람들이 무시로 괄시하는 법이어서
동네 아이들도 재 넘어가
그 영감 덩달아 골려주었어요
어이 효조지 효조지 하고
할미산 허리 잔소나무 뒤에 숨어서 외쳐대면
어느 때는 아무 대꾸도 없이
닭 모아 모이 주고
시금치밭 실파밭 골을 쳐주기도 하지만
어느 때는 냅다 막대기 쳐들고 쫓아왔어요
아이들 줄행랑을 놔 달아나면서
처음에는 아나 아나 하고 뒤돌아보다가
그 영감 무섭게 바짝 쫓아오면
걸음아 나 살려라 달아나다가
한 놈쯤 넘어져 붙잡히면

그놈 뒷덜미 잡혀 끌려가서
효조지 영감네 감나무에 대고 꽁꽁 묶여 있어야지요
일하고 돌아온 아버지가 가서 빌어야
겨우 풀려나
할미산 재 넘어 초저녁 돌아오지요
옛다 이놈 이거나 먹어라 하고
안쓰럽던지 구두쇠 효조지 영감 찐감자 식은 것 두 개나 주어서
그놈 먹으며 찬바람 쏘이며 돌아오지요

고대 혜공

신라 노비제사회에서는
진골 성골 한 집에 노비 3천
게다가 눈썹에 심지 돋운 사병대까지 두고
여느 양민조차 곡식 고리채로 노비가 되어갔다
그런 노비 새끼로 태어나
어찌어찌해서 도망쳐
땡초 절 중이 되어
삼태기 뒤집어쓰고 떠도는 중
신라 거리거리 떠도는 중
혜공화상
중이 되어도 금란가사 한벌 입어본 적 없고
시장기 들면
떠돌다가 건천 물고기 잡아
팔딱이는 놈 날것으로 씹어먹고
아 배부르다
아 여래 배부르다 하고
오줌 누면
그 오줌에 먹었던 고기 살아나서
다시 건천물로 헤엄쳐 간다고 했다
신라 승통불교는
백성의 것 모조리 누더기로 만들어
혜공화상 그 누더기밖에 없었다
그러나 그대 혼자
어찌 세상을 끌고 가겠나

원효도 그렇지 무애춤이나 추고 다니며
어찌 세상을 고치겠나
중아
세상 한번 뜯어고치려거든 그리하여 정토에 노닐고자 하거든
모여라
해하고 비하고 키운 풀
바람으로 억세어진다
모여라
해 아래 모여라

방앗간집 며느리들

정모네 방앗간은
쌀 도정해주고 받은 쌀 모아
장리쌀로 내주니
해마다 늘어
이 밭 사고 저 밭 사고
동네 밭 절반 가까이 사버리더니 먹어버리더니
네 며느리 풀어서
이 밭 저 밭 뙤약볕에 풀어서
호밀밭 밀밭 보리밭에다가
감자밭 다마네기밭 쉴 날 없더니
첫째며느리 고사동댁
둘째 한서울댁
셋째 옥정골댁
넷째 새각시
이 가운데서
옥비녀 꽂은 옥정골댁이 늘 정나미 눌어붙고 인정 있지
방앗간집 시집온 년 일복 터졌다고 비웃어도
그냥 모르쇠하고 목화 따지
이런 밭일
한겨울이 되어서야 쉬게 되니
눈 펑펑 오는 날
세 며느리 부엌에서 내다보며
흥 우리집 시아버님
이런 날은 밭에 내보내지 못해 속병 나시겠네

이런 날 보리밭 보리 눈에 덮여 푸근히 잠드시겠네
그러나저러나
둘째아들 제금낸 뒤
우리는 언제나 딴살림하지?
시아버지 고뿔로
쉰 파뿌리 삼발이 걸고 달이는 옥정골댁도 한마디
일 더 해야 내보내지 그냥 보내겠수 성님?

복만이 아저씨

성냥 귀한 시절이지요
나는 어머니 불심부름 때
마른 억새 한 다발 쥐고
사정리 할머니 집으로 냅다 달려가
그 집 아궁이에서 불붙여 달려오지요
오다가 꺼지면 다시 가서 붙여오지요
그러면 사정리 할머니
농반진반으로
이놈아 두 번씩이나 붙여가려면 불값 내고 가거라 하지요
복만이 아저씨 이런 나보고
가느다랗게 쪼갠 댓가지에 유황 발라서
실히 한 뭉치 주었지요
화롯불 헤치고 그놈 하나 대면
후닥닥 불붙어서 밥도 짓고 등잔불 켰지요
복만이 아저씨는 논 한 배미도 없고
밭뙈기 하나 없지만
가랑이 짝 찢어지게 가난뱅이지만
마음 하나는 무던히도 텅 비어 커다랗지요
진작 북만주땅 떠돌다
재미 못 보고 돌아온 사람이라
강원도땅 산골 떠돈 일도 있는 사람이라
수리취 말린 것으로 불붙인다는 것도 알고 있지요
강원도 홍천에서는
집안에 불씨 못 묻는 년이라고

살림 살 줄 모르는 년이라고
자손만대 맥 끊을 년이라고
며느리가 불씨 잘못 묻어서 쫓겨난 적도 있다 하지요
복만이 아저씨
못 먹고 못 입고도 말만하게 큰 큰딸더러
허어 저년도 불씨 재조 없으니
시집갈 때 유황 발라서 고리짝에 쟁여 보내야지 했지요

두 가마니 반

기석이 아버지는 꾀까다롭기가 이만저만이 아니다
머슴 만돌이 마흔이 넘어서도
쌀 두 가마니 지게 지고 방앗간에 가려 하니
기석이 아버지 머퉁이 주기를
이 사람 왜 두 가마니여 더 지고 가야지 해서
세 가마니 지게에 져 작대기 짚고 일어나다가
낡은 지겟가지 부러져 엎어지니
쌀 세 가마니와 사람과 지게가 다 땅에 나가떨어졌다
이 사람아 왜 세 가마니나 져서 지게까지 못 쓰게 만드나
두 가마니 반만 져도 되는 것을
아따 이 상멍텅구리야
다리 다쳐 절뚝거리는 만돌이
기계새끼 꼬다가
히마리 없는 낮달하고나 말하지
누구하고 말하나
제기랄 언제는 세 가마라더니
언제는 또 두 가마니 반이라더니
어이쿠 그저 주인이라는 것들하고는

큰외숙모

어쩌자고 외할아버지께서는
큰아들 상룡이는 남 보듯 해서
집 내어보낸 뒤로
그 집 가려고 두루마기 떨쳐입은 적 없다
군산 명산동 벼랑 말랭이 다락집에는
밤새도록 콜록댄 큰외삼촌 상룡이 누렇게 썩어가고
눈썹 검고 눈동자 검은 큰외숙모가
생것 광주리장수로
이 집 저 집 박대 팔아 죽이라도 대는데
아들 하나 있는 것
명산동 벼랑에서 삘기 뽑다 헛디디어
스무 길 밑으로 떨어져 피죽사발 되어버렸다
뒤이어 큰외삼촌도 죽어버렸다
식은 방바닥 치며
울음 막혀 울지도 못하는 큰외숙모 혼자 남아
생것 광주리 두어 번 이고 다녀보다가
그도 또한 양잿물 먹고 죽어버렸다
스무 길 벼랑 찬바람에 산 사람들이야 고뿔 들어
입마개하고 종종걸음으로 지나간다

딸그마니네

갈메 딸그마니네 집
딸 셋 낳고
덕순이
복순이
길순이 셋 낳고
이번에도 숯덩이만 달린 딸이라
이놈 이름은 딸그마니가 되었구나
딸그마니 아버지 홧술 먹고 와서
딸만 낳는 년 내쫓아야 한다고
산후조리도 못한 마누라 머리끄덩이 휘어잡고 나가다가
삭은 울바자 다 쓰러뜨리고 나서야
엉엉엉 우는구나 장관이구나
그러나 딸그마니네 집 고추장맛 하나
어찌 그리 기막히게 단지
남원 순창에서도 고추장 담는 법 배우러 온다지
그 집 알뜰살뜰 장독대
고추장독 뚜껑에
늦가을 하늘 채우던 고추잠자리
그중의 두서너 마리 따로 와서 앉아 있네
그 집 고추장은 고추잠자리하고
딸그마니 어머니하고 함께 담는다고
동네 아낙들 물 길러 와서 입맛 다시며 주고받네
그러던 어느날 뒤안 대밭으로 순철이 어머니 몰래 들어가
그 집 고추장 한 대접 떠가다가

목물하는 그 집 딸 덕순이 육덕에 탄복하여
아이고 순철아 너 동네장가로 덕순이 데려다 살아라
세상에 그런 년 흐벅진 년 처음 보았구나

태욱이 아저씨

뭣이고 짯짯이 쳐다보는
태욱이 아저씨네는 나무와 꽃이 많아요
증조할아버지 때부터 가꿔왔대요
제일 꼬래비로 대추나무 감나무가 잎이 돋지요
추운 봄에 눈발 날릴 때 매화 꽃봉오리 맨 먼저 터지지요
늦은 봄날 백모란 수십 송이 피어 장날 같지요
태욱이 아저씨 경성 가서 전수학교 다니다가 퇴학맞고
작년에 돌아와서
꽃밭 언저리 우두커니 서 있다가
아이들 지나가면
친구 만난 듯 쓴웃음 지어
살구나무 울타리 살구 따먹으라 하지요
그러면서 뭘 따지듯이 이것저것 물어도 보고
좀좀이 가르쳐주기도 하지요
이놈아 곧 좋은 세상이 온다
네가 배 안 고픈 세상 온다 공부 잘하거라
그러던 그가 해방되더니 나섰지요
여순사태 뒤에는
한 달에 두 번씩이나 형사들이 잡으러 오지요
태욱이 아저씨는
어디를 가나 도망갈 데 먼저 찾아놓지요
그래서 우리들은
김태욱 씨는 뒤통수에도 눈 달렸다 담 뛰어넘는 도술 있다 했지요
그러던 그가 6·25 직전 붙잡혀가서

영영 돌아오지 않았지요
접동새 우는 밤
태욱이 아저씨 네 남매는
일년에 말 대여섯 마디밖에는 안하는 젊은 어머니하고
송곳 같은 세월 기죽어 자라났지요 차차 기를 폈지요

정여립

일자 한자 늘어놓겠습니다 무식이 배짱입니다
성리학 주리노선은 천지 음양 귀천 상하의 계급노선입니다
그런데 좌파 주기철학은 일체만물의 평등노선입니다
바로 이 화담 율곡 주기론을 이어 정여립은
그것을 더 발전시켜 허균의 자유주의와는 또 달리
앞장선 천하평등노선을 강화합니다
주자는 다 익은 감이고 율곡은 반쯤 익은 감이고
또 누구는 숫제 땡감이라고 성인군자 은사 할 것 없이
그리고 선배 따위 닥치는 대로 평가합니다
그는 동인 계열입니다 정철과 대결하다가
그놈의 늪 같은 권세 때려치우고 낙향해버립니다
천하는 공공한 물건이지 어디 정한 주인이 있는가
어허 위태위태한지고 이 말은 곧 존왕주의 주자학을
마구 거역함이 아닌가 될 말인가
어디 그뿐인가
인민에 해 되는 임금은 살함도 가하고
인의 부족한 사대부 거함도 가하다
이런 칼 휘둘러치듯 하는 우렁찬 말 듣고
오종종한 재상 도학자들 한꺼번에 크게 감동키도 했습니다
그는 대동계 세워 양반 양민 상민 사천 노비 할 것 없이
상놈이 양반더러
먹쇠가 마님더러 야 자 해도 되는
대동계 세워
문무쌍전의 공부 시키니

때마침 왜구 침노하는 갯가 나가서 다 격퇴했습니다
임진왜란은 이미 그때부터입니다 그 이전 신라 고려 때부터입니다
호남 전역 해서 전역
대동계 식구 늘어나서 임진왜란 전백성이 모여들었습니다
한데 이 민족자결 세력 늘어나자
조정의 정철은 대동계 일당과 선비 1천여명을 잡아들입니다
천하대역죄 먹여 홍살문턱 닳았습니다
정여립은 막판에 진안 죽도에서
자결한 것이 아니라
서인 관헌 자객에게 처참하게 죽었습니다

3백년 뒤에나 5백년 뒤에나 그 이름이 알려질 뿐이라고
이것이 전민족의 항성을 묻고 변성만 키우는 짓거리라고
한탄하는 단재의 말마따나

봉태 누나

키가 홀쭉 커서
웬만한 남정네 이마빡에 옷고름 닿겠네
밥광주리 이고 갈 때는
옆구리가 훤히 나와 고개 돌릴 일 생기기도 하지
걸음 한번 성큼성큼 논길 가니
일대의 초벌 김매는 푸른 모 신나서 우쭐거리지
왜가리 두엇도
그녀의 사촌인가 한번 날갯짓하고 우쭐거리지
가물었다 비 올 때 푸른 모 춤추듯 이도 저도 춤추며 우쭐거리지
그런 누나
시집갈 무렵은
바깥출입 전혀 없이
집 안에서만 귀한 세숫비누로 세수하고
물 데워 몸 씻고
바느질 인두질 그윽이 하다가
그런 뒤 새각시 원삼 족두리로 시집갔지
잿정지 고명길이 며느리 되었지
고명길의 외아들 행모 마누라 되고 말았지
우리 동네 총각들 지지리 못난 놈들
일할 생각 놓아버리고
등거리에 헌 조끼 걸치고
그 조끼 주머니에 주먹 넣고
먼산바라기나 하다가 오줌 꺼냈지

토요하라

서문 밖의 토요하라는 쩔뚝발인데
서문 밖 재 넘고 옥정골 재 넘어
그가 올 때면 산 하나가 멋딱지게 기우뚱거립니다
하늘도 기우뚱거립니다
그가 쇠정지에 오면
동네 어른들 저녁 먹고 쌈지 가지고 하나둘 모입니다
그러면 그는 두 손가락 맞물려 잡고
독야청청 유행가를 부르기 시작합니다
유행가 몇자루 영롱한 목소리로 부르기 시작합니다
어느 때는 하루 거르고
어느 때는 저녁마다 와서 부릅니다
비가 오면 오지 못한다 빗소리가 그 노래 대신합니다
비 온 뒤
밤 이슥히 별들 더욱 밝을 때
노래 다 부른 뒤 밤길 기우뚱거리며 잘도 갑니다
두 번이나 재 넘어 먼 길 갑니다
가근방에서 가장 잘난 인물 토요하라가
다리병신만 아니면 금상첨화 토요하라가
우리 동네 날마다 오는 것
바로 봉태 누나한테 딱 반해서입니다
그래서 쇠정지 마루에서
그 집에 들리도록 노래하는 것입니다
오늘도 걷는다마는 정처 없는 이 발길
이 노래에 가슴 뛰노는 건

두 방망이 세 방망이질 해대며 뛰노는 건
봉태 누나
나와보지도 못하고
귀 하나 깊이 뚫어 노랫소리 먹는 봉태 누나
그러나 그 누나 시집간 뒤 노랫소리 들을래야 들을 수 없습니다
어디 가서 슬픈 토요하라 입 다물고 썰물에 밀물 기다린다 합니다

개똥벌레

가시덤불 초저녁
개똥벌레 총각이 파랑 불 켜가지고
처녀한테 달려가서
단 한방 사랑하고 불 꺼져 죽어버려요
오사잡놈 영걸이 아저씨 사랑 사랑 하룻밤 풋사랑
그놈의 주둥이 닫아버려요

감꽃

감나무에 감꽃 자욱하게 피었으므로
누가 울든지 울어야지요
조선 시악시 앞가슴 흐느끼며 울어야지요
자주고름 따위 잘근거리지 말고 넋놓고 울어야지요
감꽃 지는 밤이므로
누가 죽든지 죽어야지요
조선 할머니 죽어야지요
이 세상이라 해야 어디 살 세상인가요
죽어서나 주린 배 부르고
남의 일 벗어나지요
조남연이네 할머니
감꽃 흐드러진 달밤 자정 지나 숨넘어갔지요
사람이 아니라 바위나 돌이나 나뭇등걸 같은 할머니
어서어서 가고 싶었던 흙으로 돌아갔지요

영규스님

기허 영규스님은 서산대사의 상좌라
공주 청련암에서 선과 무예를 닦은 늠름한 청년 승려라
왜놈 쳐들어오자마자
승병 5백을 모아
청주 지경 되찾고
금산땅에 뻗쳐 나가
왜놈 코바야까와 부대와 격전을 치렀다
궁지에 몰려 몸 날려
누님 집에 숨으려 했으나
늙은 누님 가로되
어찌 사생자부 문중이 죽어가는 부하 두고
나 하나 살아남으려 하오 호통치므로
그 자리 한번 크게 깨쳐
다시 달려가 사방 포위망 갇힌 끝
7백 의병과 함께
싸우다가
싸우다가
피 쿨쿨 퍼부어 죽으니
7백의총이 거기 아니고 어디인가

조선 불교 몇백년에 서산 사명 영규 문중
이만한 산중 문중 어디인가
아홉 번 옮겨다닌 식은 잿밥 말아먹고 사는 문중
이만한 국운의 문중 어디인가

금자

지붕 이엉 삼사년이나 거른 집 딸
열세살 금자란 년
재권씨네 얼뚱아기 업어주고
하루 세때 밥 얻어먹는다
빈차리로 마른 등짝과 궁둥이에
아기 달고
누가 뭐라고 하면
큰 눈 노란 눈동자 그렁그렁 눈물 맺어 뚝 떨어진다
바람 센 날
미루나무 휘어서 잎새 발딱 뒤집힌 날
아기 업은 금자란 년 날아갈까 말까 하며
고래실논 한복판 건너간다
젖 먹을 때 다 되어
재권씨 후실 아기엄마한테 건너간다
밥이래야 부뚜막 찬밥 아니면
남은 밥하고 눌은밥에
숟가락 몽댕이로 된장 찍어먹는 식은밥이건만
그게 어디냐
이 무서운 보릿고개에
저승고개에

지랄병

옥정골 간질병 든 판돌이
한 팔마저 오그라붙고
다리 하나도 절뚝거리며 이 산 저 산 넘는데
날 궂으려면
으레 그 사람 절뚝거리다가 넘어져
온몸 달달달 떨며 게거품 물고
생지랄하며 소리소리 먹따는 소리 질러댄다
여느때도
누가 조금만 건드려도 덜렁 넘어져 소리질러댄다
아이들 돌멩이 던지다 질겁해서 달아난다
하늘에 솔개 큼지막한 동그라미 그리며 돌고 있을 뿐
땅 위에서는 오직 지랄병뿐
도마뱀들도 그 언저리 숨죽여 꼼짝 않고 멈춰 있다
아 진정코 외로운 것은 제 온몸 떨며 지랄병 나는 일인가
이 세상의 외로움 구름장 아래 외로움인가

애꾸 아주머니

새암 안집 수복이네 옆집
다 쓰러져가다 만 오막살이
불 때면
연기깨나 내는 부엌짝 한칸
방 한칸 오막살이
그 집 마누라는 찐찐 애꾸눈이어요
아무리 기쁜 일 있어도 웃을 수 없으니
무슨 기쁜 일 설미쳐 찾아올까요
불 안 들이는 아궁이에
생솔가지 처때니
그 연기 한번 오막살이 다 묻어요
그 연기 속에서도
에췌! 에췌! 하며
구시렁거리는 소리 귀신 씻나락 까먹는 소리
어찌 온다는 사람 안 온다지?
십년 되면 온다는 사람
올해 윤사월 꼭 십년인데
친정동생 타관 떠난 것 궁금해서
구시렁거리는 소리

진평구 이야기

김제 부안 정읍 고창께
옥구 익산 완주 전주께까지
그 일대에서는
진평구 이야기 석 자루 넉 자루 못 들어본 사람 없지라우
특히나 김제 부안 일대에는
진평구로 날 새고
진평구 이야기로 목침 벤다 하지라우
우리 동네 관전이네 머슴방
한규 할아버지네 머슴방에는
오줌 받아내기 위하여
동네 사랑꾼 모았지라우
많이 모여 놀다가 소매통에 소매 보면
그 오줌 거름으로 밭깨나 걸지라우
그래서 막고구마도 삶아 내오고 보리 볶은 것도 내지라우
그런데 그 집 음식 얻어먹고도
오줌은 제집까지 가서 누고 오는 오줌 얌체도 있지라우
한양의 정수동 이야기 평양 대동강 김선달 이야기도 걸쭉걸쭉 걸지만
징게맹게 외애밋들 진평구 이야기는
그야말로 김치가드락 말아 생모치 아작아작
씹어넘기는 목구멍 맛이라니
본디 김제 부량면 태생 서출 진평구는
일찍이 병법에 뛰어나고 왜란을 미리 말하고
그 임진 정유 왜란에
왜놈 모는 데 큰 공 세운 사람이지라우

비거(飛車) 만들어 하늘 날아
삼십리 떨어진 아군과 싸움도 짜고
축지법에도 능하여
단숨에 십리 밖 동헌 마당에 당도하지라우
이 고장에는
입에 침 안 바르고 거짓말 잘하는 사람을
진평구 같은 사람이라고 하는데
추진 담배 한 잎사귀 패랭이에 꽂고 한양길 나섰는데
담배 추지다는 핑계 대고
행인들에게 공담배 얻어피우며 나섰는데
그만 소금장수 만나서
그 사람 가로되
나는 추진 것도 없으니 그거라도 피우자고 빼앗아가니
뛰는 놈 위에 나는 놈이지라우
그런데 한참 가다
콩밭 매는 아낙네
귀 잡고 뽀뽀하니
동네 장정들 쫓아와 달아난 진평구는 괜찮고
소금틀 멘 소금장수만 억울하고 흡족하게 얻어맞았지라우
또 하나
왜놈 오는 길목에 토종 벌꿀통 두었다가
그 못 보던 물건 신기해서 열어젖히다가
벌이 쏟아져 왜놈을 왱왱 쏘아댔지라우
어디만큼 가는데

또 벌통이 있는지라
왜놈 장수가 이번에는 안 속는다고
그걸 다 불태우라 해서 불 놓으니
아이고 벌통이 아니라 진평구의 화약통이지라우
천지가 진동하는 폭음으로 왜놈들 다 뻗었지라우
이렇게 진평구 이야기 밑도 끝도 없는데
입에서 입으로 떠돌며 전해오지라우
본디 성은 정씨라 정평구였지라우
거짓말해도
이만큼 물 낭창낭창한 방죽물에 물팔매 물수제비 스무 개 스물한 개
진평구 물수제비
양반놈 참말 열 섬보다 값나가지라우

홍식이 작은아버지

서로 어금버금한 삼형제 중
그래도 제일 할아버지 닮은 갈메 홍식이 작은아버지
얼굴이야 할머니 턱도 섞여 있다 없다 하지만
성깔하며 고약스런 술버릇하며
할아버지 빼다박은 작은아버지
돼지비계라면 사족 못 쓰는 작은아버지
허연 비계 한 점 큼지막한 놈으로
입 가득히 넣고 먹는데
새우젓국 바르는 둥 마는 둥 먹는데
누가 품 얻으러 와 뭐라고 해도
그따위 소리 듣는 둥 마는 둥 먹는데
바람 딱 그쳐서 생이파리 생열매 떨어진 살구나무 옆에서
주린 백성이야
허한 백성이야
먹는 것 빼고 어디에 상감 있나 영의정 있나 사또 있나
그런 작은아버지 쳐다보는 아이들 침 꿀떡 삼키면
아나 너 먹어봐라
비계 먹어야 어른 된다 시제 모실 어른 된다
새벽똥 자주 싸도 몸에 살 안 내리려면
이런 것 걸게 먹어야 한다
그렇게 먹고 난 비계 한 덩어리 개평 뜯어
집으로 가지고 가면
작은어머니가 부엌 바람벽 시꺼먼 데다 걸어둔다
부황 나서 아이들 입술 터지면

그 묵은 비계 내려다가
솥뚜껑에 질질 끓여
입술 바르고 연지곤지로 낯짝도 발라주면
썩 낫는다

새벽닭

새벽닭 두 홰에 생각나느니
작년에 죽은 남편보다
재작년에 집 나간 자식이 더 생각나느니
죽은 사람이야 묻혀도
뒷산에 묻혀 있으니 아주 떠난 것 아니지
창옥이 어머니는
새벽닭 울 때
떠난 창옥이 가슴에 못박은 창옥이
날 새면 올까 올까 하고 생각나느니
찬물 한 모금 떠먹을 생각 없이 생각나느니
삼청냉돌 갈자리방 이불 개고 주섬주섬 나가서
마당 쓸고
사립문 밖 내린 첫눈 쓸고 허리 펴며 생각나느니

기호

내 3할은 아니 3할 5부는
두서너 살 위 김기호가 깨우쳐주었다
그것도 건달로 불효자식으로 항구의 골목으로
그의 호는 새벽 효자 효성이요
내 호는 그냥 물 호자 호성이었다
무턱대고 별이 좋은 시절이었다
그러나 별보다 담배연기하고 살았다
나는 그에게서
말아 피우는 담배 배워 어른이 되었다
뜨자 뜨자 했는데
그는 정작 떠나지 못하고 썩어버렸고
나는 떠나서
내 숫총각 다 잃어버렸다
그리고 나는 항구와 항구 사이 오락가락 갈보였다
내가 마신 빈 창자 술마다
내가 운 울음마다
그건 내가 아니라 기호였다
고향의 기호였다
아 모기 뜯기며 다리 구르며 별을 좋아하던 시절이었다

임제

당쟁판 엎치락뒤치락 그놈의 벼슬 등진 조선 백운파에게도
살 까닭이 왜 없으리오
휘파람이나 불고 다니는 천치바보라 자칭한 임제에게 왜 없으리오
서도병마사 부임차 가다가서리
기생 황진이 무덤 찾아 자는다 누웠는다
기생 치맛자락 따위 애모해 마지않는 시 지어 바치고
그 무덤가에서
한잔 술 기울인 죄목으로
임지 당도하기도 전에 파직당한 백호 임제에게
남은 건 청초 우거진 골에 자는다 누웠는다
그러던 그도 술에 술독에 빠졌다가
나주 회진리 향리로 돌아가서
여러 자식 하나하나한테
나 죽거든 곡을 하지 말아라 하고
서른아홉살 뜬구름 백호 임제 가고 말았지요
이 땅덩어리 좁다 하고 큰 세상 태어나야지 하고 가고 말았지요

염훈장

일곱살 때 서당 가서
큰절 드린 염훈장
잔기침소리 어찌 그리 가난한가
비유컨대 크게 비유커라
이 가난한 천자문으로
조선 주자학 이루었나니
조선 이루었나니
조선 오백년 헛기침소리 사단칠정 이루었나니

호열자

해방 직후 반도강산이 온통 호열자 세상이었다
하루아침에 모든 길 뚝 끊어졌다
타처 사람 오지 못하고
타처로 나가지 못하게 금줄 늘여놓았다
호열자 걸린 집 열두 집에서 누구 하나 나오지 못하고
그 집에 드나들지도 못하게 탱자가시 쳐다가 쌓았다
우물물도 동네 친척 장정들이 길어다놓아 주었다
며칠이 지나자 그런 집에서 송장이 나왔다
병은 가난 동무라 가난한 집에서 송장이 더 나온다
아냐 3천평 짓는 유생원네 딸 분순이도 죽어나왔다
마을마다 괴괴하고
간지랑나무 두 그루 분홍꽃 자욱한 순례네 집에서도
우리 동네 이야기 할머니 순례 할머니 송장이 나왔다
밤에는 할미산 꼭대기에서 늙은 여우가 캥캥캥 울었다
삵아지 불어나 마을 병아리 여기저기서 채갔다
파서방하고 피서방하고 서로 성님 동생 해온 마을이
이렇게 되자 서로 원수가 되어
울 너머 눈 마주쳐도
원수가 되어 말 한마디 없이 고개 꼬았다
어른 아이 아홉이나 죽어나갔다
아버지는 나더러 눈 부라려 뜨고
호열자 걸린 집 애들하고는
멀리서 서로 쳐다보지도 말아라 하였다
한 달 동안 마을은 무덤이었다

호열자 떠난 뒤
한 달 두 달 지난 뒤에도
마을사람 서로 입 다물었다
그러다가 세월이 가며 하나둘 풀어지기 시작하였다
젠장 오늘 날씨 한번 병인년 한식날처럼 춥네 어쩌구
요새 미제부락 양조장 모주 남아돌아간다는데
그거나 좀 갖다가 퍼먹어야지 원 헛배라도 불러야지
아따 그러세
자네하고 봉식이하고 재용이하고 몇푼씩 태우세 어쩌구

소도둑

소 한 마리면 그게 어딘가
소 한 마리 외양간 찬 집은
서너 집 안되었지
그런 소 도적맞은 상복이네 집
그야말로 소 잃고 외양간 고쳐 뭘하나
그런데 일년 뒤
미제에서 소도둑 잡혔는데
밤중에 소 끌고 가다가
똥둠벙 잘못 디디어
소도 도둑도 똥죽에 빠져서 잡혔는데
알고 보니
개사리 문씨네 종자였네
문선득이었네
그의 아버지 문오봉이도
처음에는 닭서리 토끼서리 잘하다가
소 네 마리째에 콩밥 먹고 있는데
그 애비 그 자식으로
군산형무소 감방에서 서로 마주치게 되어버렸네
5년 구형에다 2년 선고받고 마주쳤네
선득아 너 들어왔냐
예 2년 먹고 나가려고 들어왔어라오
밥 먹을 때 오래오래 씹어먹어라
예

장타령

칠성암 동냥중과
미제 다리 밑 거지는 단골이라
퇴박맞아도 그냥 순하게 물러나지만
두어 달 만에 한 번씩 들이닥치는
장타령꾼 두 각설이는
줄 양식 없다 밥 한 숟갈 없다 해도
허어 그 무슨 막말이오
작년에 왔던 각설이
금년에 왔던 각설이
죽지도 않고 이렇게 왔는데
그 무슨 손님 대접이 덜 구워진 감자마냥 못되었소그려
일자나 한 자 들어보소
석삼자 한 자 들어보소
석자 서치나 되는 베개에 임도나 베고 나도 베고
이렇게 사설이 무명 한 필로 펼쳐지는데
그들의 만 조각 누더기에 배짱 하나 썩 좋아서
씨구씨구 들어간다 참기름 발라 들어간다
금방 동네 아이들 다 모여
벌써 그놈들도 함께 발 돋우고 흥 돋운다
이러고도 쌀 안 내놔 보리 안 내놔 밥 안 내놔
안 내놓으려면 두루마기 입고 나와 큰절이라도 하소
금 나와라 뚝딱

백두개 도깨비

백두개고개 넘어서
후미진 골짜기에는 도깨비 아저씨가 살고 있다
술 취한 사람 혼자 오는 밤이면
도깨비 씨름에 걸려
외약다리 감지 않으면
영락없이 혼쭐난다
백두개 도깨비 오른다리야 힘이 좋지만
외약다리는 영 못 쓰니
아무리 보리방아 엽치는 도깨비 덤벼도
정신 딱 차리고 외약다리 감으면 된다
왜놈들 그 골짜기 소나무 다 베어간 뒤
도깨비 아저씨도 숲이 있어야 살지
어디 가서 사는지 뒈졌는지

선제리 아낙네들

먹밤중 한밤중 새터 중뜸 개들이 시끌짝하게 짖어댄다
이 개 짖으니 저 개도 짖어
들 건너 갈메 개까지 덩달아 짖어댄다
이런 개 짖는 소리 사이로
언뜻언뜻 까 여 다 여 따위 말끝이 들린다
밤 기러기 드높게 날며
추운 땅으로 떨어뜨리는 소리하고 남이 아니다
앞서거니 뒤서거니 의좋은 그 소리하고 남이 아니다
콩밭 김칫거리
아쉬울 때 마늘 한 접 이고 가서
군산 묵은장 가서 팔고 오는 선제리 아낙네들
팔다 못해 파장떨이로 넘기고 오는 아낙네들
시오릿길 한밤중이니
십릿길 더 가야지
빈 광주리야 가볍지만
빈 배 요기도 못하고 오죽이나 가벼울까
그래도 이 고생 혼자 하는 게 아니라
못난 백성
못난 아낙네 끼리끼리 나누는 고생이라
얼마나 의좋은 한세상이더냐
그들의 말소리에 익숙한지
어느새 개 짖는 소리 뜸해지고
밤은 내가 밤이다 하고 말하려는 듯 어둠이 눈을 멀뚱거린다

한식날 밤

고구려란 되놈의 침노와 싸우는 우리 조상입니다
그 조상 망해버린 뒤
우리는 내내 되놈에게 굽실대고 살아왔습니다
그러다가 왜놈한테 빼앗기고 살아왔습니다

해방 직후 어느 한식날 밤
우리 동네 젊은 행규 아저씨가
쇠정지 마루에 동네 바깥양반들 모아놓고 말했습니다

우리는 조상을 새로 섬겨야 합니다
우리 조상밖에는 어느 놈한테도 머리 숙이지 말아야 합니다
연합국 미 소 영 중의 종이 국기가 마파람에 소리내고 있었습니다

을밀대

이 나라 여자는 슬픈 여자가 아닙니다
한 많은 여자가 아닙니다
그놈의 한이란 반역입니다
이 나라 여자는 밭에서 자식 앞에서 눈 부릅뜬 역사입니다
어디에 설부 앵두입술 버들허리입니까
그건 이팔청춘 기생일 따름입니다
이 나라 여성은 싸낙배기 투가리입니다
밑구멍 스무 개 뚫린 시루입니다 가마솥입니다

그 이름 강주룡
압록강 굽이 강계에서 태어나
열네살에 만주땅 서간도 건너가
스무살에 독립단 수령 백광운부대 제2지대의 한 병사 아내가 되어
성난 독립운동 뒤에 따라다니며
독립군 밥해주었는데
일년 뒤 딸 하나 두고 남편이 눈감았습니다
스물넷에 딸 데리고 돌아와
평양에 머물며 친정부모 동생들 생계까지 도맡게 됩니다
공장 여공이 됩니다
1931년 평원고무공장 파업 주동자로 단식동맹을 이끌어갑니다
그 단식동맹의 여공들 강제해산당하자
을밀대에 올라가 목매어 죽으려고
광목 한 필 사가지고
대동강 위 을밀대로 올라갑니다

그는 죽어서 여공의 싸움 만천하에 알리려 하였습니다
그러나 죽음보다는 끝까지 살아서 싸워야겠다고 생각 돌려서
을밀대 지붕 위로 광목 끈 삼아 올라갑니다
40여척이나 되는 꼭대기에서
이른 아침 을밀대 오르는 평양사람들에게
이 땅의 여공 강주룡은 부르짖습니다

우리는 2천3백 고무공장 직공 임금인하와 죽기로써 싸웁니다
평양에는 부자가 많아
국일관에는 연일 풍악소리 요란한데
이런 흥청망청이 다 우리 직공의 피땀입니다
나는 평원고무 사장이 임금인하를 취소하기까지는
여기서 내려가지 않습니다
죽음을 각오합니다 누가 나를 강제로 끌어낼 생각 마시오
그러면 나는 여기서 떨어져 죽을 터입니다

1931년 5월 21일자 신문
평원고무 쟁의 평양 을밀대 체공녀 나타남 사십척 고공에서 연설
모란대 위에 올라선 여투사 이번에는 단식으로 완강히 버티다

그렇습니다 강주룡은 지붕에서 고공농성 했습니다
그러다가 몰래 기어오른 소방관들이 밀어뜨려 잡혀버렸습니다
그뒤 1935년
만 4년의 감옥 평양형무소 남사 저쪽 여사에서 나왔습니다

나와서 배 곯고 병들어 죽었습니다
과연 이 나라 여자입니다
이 싸움이 이 나라 여자의 삶과 죽음입니다
한이라고?
그 무슨 개수작인고?
튀 천년 묵은 한! 아나 한! 한 좋아하네

연

연이 떴다
정이월 큰바람에
아버지가 사온 연이 떴다
하늘까지 내 세상이었다
왼쪽에서 바른쪽으로 반원 그리며
바른쪽에서 왼쪽으로 그리며
하늘 속으로
하늘 속으로 멀리 떠갔다
실은 팽팽했다
하늘과 나는 팽팽했다
어젯밤 꿈에 작년에 죽은 만수가 나타났다
나는 하늘에 있다
나는 하늘에 있다고 했다
나는 무서웠다
다른 애들 소리치는데 신나는데
나는 땀 쥐며 무서웠다
내 연이 죽은 만수였다
나는 내 연자위를 꽉 틀어쥐고 있었다
팽팽한 실 타고 하늘이 왔다
내 발밑에는 시퍼런 보리밭이다
내 연이 보이지 않았다
하늘뿐이었다
하늘뿐이었다
끝없이 낭떠러지는 하늘 속 만수뿐이었다

개살구꽃

얼라
새터 남생이가
몇날 며칠 눈만 말똥말똥하고 말 없더니
큰맘먹고
어제 저녁때 장승배기
순태 누이 순임이한테
그 환한 달덩어리 순임이한테
물동이 이고 부엌에서 나오는 순임이한테
그 집 울 너머 개살구꽃을 던졌다
돌에 매달아 던졌다
얼라 얼라
말끝마다 향내 나는 시악시 순임이
얼굴이 빨개져
오도 가도 못하고 꽃을 들었다
집으면 큰일나는데

그런 지 1년 지나
이 마을에서는 처음으로
중신애비에미 없이 눈맞은 대사 치렀다
세상이 열려
그들은 한논에서 모도 심고 김도 매더니
우물 지나가다가 물도 한 바가지 퍼주면 배 가득히 마시더니
가는 세월 깊은 정 들어 대사 치러 원앙 한쌍 되었다

외톨박이 권오종

동배 아버지
권오종 씨는 논 가운데 한 마리 황새여요
모심을 때도 천오백평이나 되는 논을
혼자 사나흘도 더 걸려 심어요
품앗이할 꿈도 안 꿔요
왜 그런가 몰라요
못밥도 동배 어머니가 달랑 이고 오면
혼자 먹고 혼자 숭늉 먹어요
논두렁 술참 때도 혼자 막걸리 반 되 딱 먹고
쌀쌀맞기는 옆논 일꾼 누구 하나 불러서 권해보지 않아요
김도 혼자 매고
남의 일 한번 안하고
올 대보름 뒤 걸립패 들이닥쳐도
걸립쌀은커녕 마당에 코빼기 내밀지 않았어요
늘 그 집 마당은 지푸락 하나 없이 깨끗해요
닭 서너 마리 닭똥 하나 없이 깨끗해요
사람들의 말로는
그 집 가죽나무에는 까치도 가 앉기를 꺼린다 하지요
이런 집이라 그 아들 동배란 놈도
동네 아이들하고 상종 못하고
학교 갔다 올 때도 달랑 혼자 오지요
그 집 마누라가 동네사람하고 어쩌다 몇마디 하면
영감의 쌀쌀맞은 소리
아 어서 와 일 두고 무슨 잔소리여 잔소리가

죽은 개

불 안 들여 뜯은 방고래에서
집 나갔다던 개 죽어 있었습니다
아버지가 조심조심 들어다 뒷산에 묻어주었습니다
다음날 비가 왔습니다 비 오자 나뭇잎 컹컹 짖으며 푸르렀습니다

조무래기들

쇠정지에서 중뜸으로 내려가는 길
조무래기들 달려가다가
그중의 한 놈 넘어져
울음 깨졌다
다 달려가고
울음 하나 남았다
아픔과 외로움과 까닭 없는 미움 가득히
열살 먹은 사부로오란 놈
일본 이름 사부로오란 놈

대보름 뒤

고향에는 밤이 있다
한없이 환한 대보름 뒤의 달밤이 있다
잠 깨어 뒷간에 간다
벌써 요강 넘쳐서
바깥으로 나가 뒷간에 간다
자지러지게 환한 밤
건넛마을 수동이네 헛간 위
지붕 못 걷히게 얹어둔 헌 쟁기까지 보이는 밤
참수리가 공중에서 먼 데까지 보듯이
병아리 보듯이
멀리멀리 바우배기 상엿집까지 보이는 밤
보름 쇠고 치던 징소리
아직도 귀에 쟁쟁
가슴 설레어 천릿길 나서고 싶다
과부 자식 아니랄까
소문난 건달 창섭이 오줌 싸고 진저리치며
그길로 휘영청 나서고 싶다
곰아 곰아 너 숨었거든
발바닥만 핥지 말고 너도 나와 성큼 나서보아라
환한 달밤 아쉬워 어찌 잠자누 잠만 처자누

안부

잿정지에는 여든살짜리 할머니가 살고 있다
얼굴에 저승꽃 수북수북 피었다
3년 전에 영감 세상 떠난 뒤
노망 기운 생겨나
시집을 때 가지고 온 두 벌 고쟁이 없어졌다고
엉엉 울다가
늙은 며느리가 난감해서 곶감 주면 해해 웃는다
그래도 노망 가라앉으면 내가 언제 그랬느냐고 정정하다
대막대기 짚고 영감 산소에도 가
한참씩 앉았다가 똬리친 뱀도 쫓고 돌아온다
그러다가 그 노릇도 자식들이 말려서 그만두었다
잿정지 물 건너 지곡리에
영감 친구 갑천이 할아범이 살아 있다
여든살이 덜 되었다
그 노인이 자리보전하고 있다는 소식이 왔다
잿정지 할머니는
영감 친구 문병길에 나섰다
며느리가 말해도 안 들었다
개 한 마리 따라나섰다
지곡리 할아범이야 반가워 어쩔 줄 몰랐다
다 늙어 서로 반말
그래 어디가 어떻게 아퍼
응 간하고 콩팥하고 그리고 사방간데가 다 아퍼
참 내 간 콩팥 아픈 것 아는 사람 처음 보겠네

158

이번에는 아무래도 갈 것 같네만
벌써 간다 간다 소리가 마구 나와?
간들 누가 슬피 울어나 줄까?
내가 울어줄까?
저승 가는데 울음소리 못 듣고 가는 혼백도 불쌍한 혼백이여
아 그래 내가 할미산 올라가 실컷 울어줄게
그려그려
참 영감
왜?
가거든 우리 영감보고 부디 안부 전해줘
나도 어서 데려가라고
저승이 하도 크니 어디 가서 그 사람 찾지?
가면 다 만나게 돼 있어
그러면야 나 내일이나 모레는 가야겠네
가려거든 가소 가서 우리 영감하고 술 한잔 먹소
끙!
할머니는 문병하고 돌아왔다
지곡리까지 손자들이 마중 나와 있었다
늙다리 개도 어린 손자들 보고 꼬리 치고 있었다
어서 가자
뭣하러 나왔노
저승이나 이승이나 길 훤한데

아기바위 개바위

미제 방죽 큰 물자리에 큰부자가 살았다지요
욕심 많고 소작꾼들 못살게 굴고
머슴 새경도 십년이나 미루고 안 내주었다지요
하루는 스님이 와서 시주 염불하는데
부자 영감 쌀 한 홉 대신 쇠똥을 쌀자루에 처쟁여 주었다지요
이 못된 짓 보고 있던 그 집 마나님
떠나는 중 몰래 불러 쌀 주며
영감 잘못 용서해달라 빌었다지요
그 스님이 말하기를
내일 아침 집 떠나시오 집 떠나 산으로 달아나되
무슨 소리 나도 뒤돌아보지 마시오 했다지요
이튿날 마나님은 아기 업고 울며불며 산으로 가던 중
천지 진동하는 소리 듣고서
그만 스님의 당부 잊어버리고 뒤돌아다보았더니
대궐 같은 집 간데없고 큰물이 고여 방죽 되었다지요
마나님은 놀라서 소리지르는 찰나
어린아이와 함께 돌이 되어버렸다지요
그래서 백두개 지나면
진고개 어미바위에 아기바위가 얹혀 있어요
그 건너 백두개고개에는 개가 따라가다 바위 되어
개바위가 있어서 오가는 사람 쉬어가지요
손때 묻어 개바위 반들반들하지요
군산항 뱃고동소리 거기까지 날 저물어 들려오지요

꽹매기소리

가을걷이 끝나고는
삼동네 풍장 칠 일 없어요
반장 고갑룡이는
제집 뒷방에 둔
꽹매기 징 장고 들이 궁금해서
그것들 꺼내다 늘어놓고
먼지도 털어주고
잿물 찍어 쇠 닦아주기도 하다가
어디 한번 소리내봐라 하고
오래오래 소리 못 낸 꽹매기 냅다 쳐보니
그 소리 동네에 다 들려
아닌밤중에 이 무슨 꽹매기소린가
도깨비 양반 장난인가
죽은 칠성이 혼백 돌아와 신명나는가
그렇지 젊어서 죽은 칠성이
상쇠 꽹매기 자진모리 한번 눈 지그시 감고 뜨고 신들렸지
얼쑤 어깻죽지 뛰놀았지
무논갈이 소 모가지 고단하듯 고단한 세월 다 떠내려가라 신들렸지

걸인독립단

3·1독립만세의 함성
온 나라에 퍼져나갈 때
거지들도 가만히 있을 수 없어 태극기 들고 일어났도다
우리가 유리전전 문전걸식하게 됨은
왜가 우리의 재산을 빼앗은 데 있음이로다
우리 민족 2천만 동포가
왜의 압착에서 벗어나지 못하면
모두 구렁텅이에 빠짐이로다
누가 써준 대로 외치며
독립만세 독립만세 외치며
진주 장날에 들이닥쳤도다
비봉산 꼭대기에 올라가 나팔 불어 사람을 모았도다
기미년 3월 18일 음력 2월 17일
그날 밤중까지 거지들 만세소리 흩어질 줄 몰랐도다
왜헌병 경찰 마구 달려와
총 놓고 때리고 밟고 해도
거지독립단이 일으킨 만세군중 흩어질 줄 몰랐도다
우리가 유리전전 문전걸식하게 됨은
왜가 우리의 재산을 빼앗은 데 있음이로다
독립만세 독립만세 독립만세

백제 성왕

무령왕의 아들로 즉위하자마자
북녘 패수에 침입한 고구려군 치고 신라와 교빙하였다
즉위 15년 웅진을 버리고
백마강 사비성으로 도읍을 옮겨
국호도 남부여로 고쳤다
큰 땅 부여의 기상이었다 자부러진 부여 신세였다
허나 중앙 22부 지방 5부 5방의 틀이 비로소 잡혔다
허나 그의 만년
오랜 나제동맹 깨어지고
속임수 많은 신라 치려고
왕자 여창을 데리고 나가 싸웠으나
신라 신주군주에게 대패
관산성 싸움에서 전사하였다
그 성왕의 시체
신라 군대가 끌고 가서
서라벌 중앙정청 문밖에 묻으니
신라 벼슬아치들 입궐 퇴궐 때마다
성왕 시체를 밟아댔다
이 견줄 바 없는 죄업이여
이런 죄업으로
어찌 아미타세계 서방정토 찾는단 말인가
사천왕 도리천 도솔천 찾는단 말인가
아 고대사의 충성이여 애국이여 야만이여

이야기 할아범

조선 정조 무렵
한양 동대문 밖에 이야기 할아범이 살고 있었는데
상투에 이 끓는 이야기 할아범이 살고 있었는데
이야기책을 읽어주고 돈을 버는데
그 이야기책 구성지게 읽어서
눈앞이 첩첩산중도 되고 적벽강도 되고
인당수 빠진 심청의 용궁도 되는데
매달 초하룻날은 흥인문 앞에서
초이틀에는 배오개에서
초사흘에는 숭례문에서
나흘에는 대사동
닷샛날에는 종각 앞에서
이렇게 날 잡아
성안을 한 달에 한 번 돌며
이야기책 읽는데
듣는 사람 겹겹으로 모여들어
이야기 할아범 쩍쩍 눌어붙는 입담에 모여들어
읽다가 어느 대목
뚝 그치면
궁금한 청중 앞을 다투어 요전법으로 돈을 던지는데
이 요전자루 두둑해서 돌아가는 길
불쌍한 사람 만나면 그 돈 꺼내줘 밥 사먹게 하고
노숙하는 무시로장수에게도 주막에 들게 하고
떡 도둑 잡혀 혼날 때 떡값 치러 풀어주기도 한다

포청 앞에서 속전 없어서
태형 받을 늙은이한테 속전도 대준다
그래도 돈 남으면
흥인문 밖 집도 절도 없는 거리병객에게
골고루 약값도 넌지시 쥐여준다
이런 이야기 할아범 그 자신도 시장기 들었던지
남은 돈 한 닢으로
술 한 잔에 술국 먹고 얼근히 취하여 돌아간다
신세진 사람들 이 은혜 언제 갚으리오 땅 꺼지게 걱정하면
자 내 돈 심청이한테 갚게나
장화홍련한테 갚게나
남원 광한루 춘향각시한테 갚게나
훨훨 날다가 내려
풀씨 먹는 재두루미한테 갚게나
이야기책 속에
재두루미도 한 마리 나오거든
그러다가 그 이야기 할아범 추운 날 술 먹고 죽자
신세진 뜨내기 거지 상놈 상년 일곱 문둥이까지 뭣까지
인산인해로 상여 뒤 울며 코 풀며 따라갔다
수많은 그의 이야기들도 유소보장 따라갔다
풀씨 먹는 재두루미한테 갚게나
뜬구름한테 갚게나

병옥이

두메 촌놈으로 태어나면
대여섯살에 벌써
노는 놈 없다
산같이 쌓인 일에 아버지 따라 일꾼 되어야 한다
가을 오면
우렁 잡아오라는 어머니 말 듣고
논으로 달려가
드넓은 논바닥
우렁 뒤지는 한나절 좋다 참 좋다
그놈의 일구더기 떠나서 좋다
병옥이
우렁 잘 잡는 병옥이
양잿물 잘못 먹고 죽어버렸다
동네 아이들 병옥이 무덤 아무도 몰랐다
아이들 죽어야 무덤도 없다 제사도 없다 또 낳는다

병술이 동생

병술이 동생 낳고 자주 앓던
병술이 어머니
옥정골 품팔러 가서 밭에서
피 쏟고 업혀와 세상 떠났다
슬픔도 없이
뭣도 없이
병술이 동생 두살 세살
밥티 뜬 밥물 먹고
가물에 콩 나 동네 젖 얻어먹고
재넘이바람에 말씬말씬 자라나서
썩은새 처마 끝 참새집
참새새끼 바라보며
두 손 내저으며 좋아한다
아직 이름도 없이
물똥 잘 싸니
물캐똥이라 불렀다
제 어머니 살아 있으면
체 남의 아들보고 물캐똥이 뭐여 된똥도 싸는데

보아라 석삼년 지붕 이엉 케케묵었으나
그 밑으로 먼 하늘 뼈 마디마디 새롭다

가사메댁

새터 두희봉이 마누라 가사메댁은
울음소리 청승맞기로 으뜸이어요
남원 운봉 지리산 물소리 받아왔다지요
그 울음소리 옆에서는
절구통도 절굿공이도 따라 울게 되어요
한규 할아버지의 꼬부랑 자당께서
그 좁쌀여우 늙고 늙어 뒷호강하더니
여든여섯에 세상 떠났는데
고씨네 사촌 육촌 팔촌 아낙 가운데
울음소리 하나 변변한 것 없어서
한규 할아버지 끌끌 혀를 찼지요
할수살수없이
가사메댁 보리 한 말 주고 사다가 울었어요
그 울음소리
그 사설 풀어나가는 울음소리 판소리
꼬부랑 자당 한평생을
산등성이 기어오르다가 내려오다가
갖은 양념 청승 고개 다 떨어 엮어 내려가는데
그 울음소리 판소리
큰 초상 난 집 차일 안팎 한번 오젓 짭짤하구나

꼬부랑 종증조할머니

그렇다 한규 할아버지의 자당께서는
모래밭에서도
숯 캐는 사람이어서
하도 하도 일만 해와서
나이 서른네대여섯에 꼬부랑 되더니
그러고도
오밤중까지 일손 놔본 적 없더니
나이 예순에도 일흔에도 여든에도
하다못해
시든 모시다발이라도 묶더니
죽어서야
일 놔
일하던 손 굳었구나
남에게 다 식은 국 한그릇 주어본 적 없이

기생독립단

평양 기생 아미녀가 이름과 몸 떨쳤지요
사나이들 뼈깨나 녹았지요
평양하고 비슷한 데가 진주성이지요
대동강하고 남강이 사촌이지요
수원기생조합 기생 50명이
기미년 3월 29일
자혜병원으로 정기검진 받으러 가던 중
경찰서 앞에서 독립만세 외쳤지요
기생 김향화가 앞장서 외쳤지요
병원으로 가서도
검진 거부하고
만세 만세 만세 만세 외쳤지요
만세 부른 기생들 다 붙잡혀가서
김향화는 6개월 징역 받아 콩밥 먹었지요
기생들 꽃값 받아 영치금 넣었지요
면회 가서
언니 언니 하고 위로했지요
그럴 때마다
만세 주동자 김향화
아름다운 김향화 가로되
아무리 곤고할지라도
조선사람 불효자식한테는 술 따라도
왜놈에게는 술 주지 말고
권주가 부르지 말아라

언니 언니 걱정 말아요
우리도 춘삼월 독립군이어요

미제 진필수

미제 방죽가
물버들가
서너 가호 사는데
진필수 사는데
그의 형 진필욱 죽고 나서
갈 데 없는 형수가 불쌍타고
형수하고 사는데
여보!라고 부르기를
십년 걸렸다
형님 제삿날
제사 지낸 새벽
그 껌푸른 새벽에야
여보!
나 체했는지
바늘로 손톱 밑 따줄라우?

옥배

이십리 똘길 지나
만경강 염전 앞 가사메 가면
콧방귀 하나에
팔짱 끼고
김제 망해사 쪽 저녁놀 불타는 데 서 있었지요
머루눈빛 물 묻은 듯한 눈썹에
휑뎅그렁 기쁨도 슬픔 아닌 것 없었지요
이윽고 어둠발 걸어와서
그의 말 가운데
아련하구만 아련하구만 망해사 불빛!
그러더니
끝내 금융조합 일로
양잿물 먹고 죽었지요
죽어
산 사람에게 남아
그 머루눈빛 영영 남아 있게시리

김인규

인규 형은 똘가 구멍에 손 넣어
게 잘 잡아내지요
어느 때는 게에 물린 손 아야 하고 나오지요
아파도 아프다는 말 크지 않지요
게구멍과 뱀구멍 잘도 가려내더니
한번은 뱀구멍에 잘못 넣어서
어쩐지 물이 차더니만 하고
뱀 한 마리 꺼내었지요
꺼내어 에끼놈 하고 공중에 던져버리니
저만치 가서 풀어져 한일자로 떨어졌지요
인규는 막내둥이
일찌감치 이 눈치 저 눈치로
속에 영감 들어앉았지요
귀신 나와도 놀라지도 않지요
저만큼 상철이네 나락밭에
허수아비 가까이
새들 날아가는데
인규가 말하기를
우리 동네 도둑놈은 저것들밖에 없어

이황

조선 양반의 자랑이거니와
해동주자이거니와
이는 조선 만백성의 모진 삶에는 도시 허깨비였느니라

퇴계 성리학은 뭔가
오 성학도
해와 달 누렇게 도는데
백성은 도탄에 푹 빠졌는데
사단이발칠정기발설이 뭔가
배고파
애기 먹은 에미나이
밴밴한 종년이야
서방이 담 안에 열 담 밖에 열
이런 양반의 지랄에
여봐라
여봐라
도산 열두 굽이 막막하구나

그러나 개평 하나!
그 이학 있어 조선의 관념 온누리 높이높이 깊으나 깊었느니라

봉태

나하고 국민학교 일이등 다투었지
부잣집 아들이라
옷이 좋았지
항상 단추 다섯 빛났지
도시락에 삶은 달걀 환하게 들어 있었지
흰쌀밥에 보리 뿌려졌지
그러나 누구한테 손톱발톱만치도 뽐낸 적 없지
너희 논 옆에 우리 논 하나 있다
너하고 나도
의좋게 지내자고 굳은 떡 주며 말했지
그런 봉태
수복 직후 아버지 죽은 뒤
동네사람에게 끌려가
할미산 굴속에서 죽었지
유엔군 흑인 총 맞아 죽었지
그 달밤에
그 캄캄한 굴속에서 죽었지
봉태야
나는 너 하나 살려낼 수 없었다
네 열일곱살은 내 열일곱살이었다

수동이 어머니

우리 동네 욕 잘하는 수동이 어머니
죽어나가는 사람한테도
상여에 대고
아이고 진작 뒈질 것이
이제야 상여 타고 나가네
한평생 동네 아이들한테 손찌검이나 하고
제 수염 끝 간지럼 태우던 주제에
옥구 상평 아전 탯줄 주제에
제가 상여는 무슨 상여
지게송장으로 나가야 할 주제에

을지문덕

고구려 하호 출신이라 상놈이라
왕족 건무의 모욕도 자주 받았으나

장수 을지문덕이 돌아올 때는
평양성 백성이 우르르 나와 맞아들였다
시아버지처럼
서방님처럼
시아재비처럼
단내 나며 맞아들였다
그의 뒤 따라 돌아오는 장한 군사 맞아들였다
을지문덕! 이 이름 부르면
녹은 개울물이 잘 흐르고 하는 일도 잘되었다
복사꽃 피었다
수나라 수군 삼십만 백여만 없애고
겨우 2천7백 명 남겨 쫓아보낸 장수인지라
백성과 하나 된 장수인지라
금으로 옷을 덮고
귀인이 엎드려야
그 등 밟고 말 타는 개소문 아닌지라
백성들 숨어버리는 개소문 아닌지라
고구려 동맹 잔치 참된 장수인지라
싸우는 자와
뒤에 있는 자 하나일 때
그 싸움 이기고 오는 장수인지라

이빨 빠진 노장군

갈메 고상필이 영감
송곳니 어금니 빠져
무슨 말 하면 헛바람 나서
무슨 말인지 알아들을 수 없었지요
아이들
달아나며 이빨 빠진 노장군 고장군
아나 떡
아나 고기 질긴 고기
정두네 큰 잔치
술만 먹어
생전 처음 주정판이었지요
무슨 말인지 고래고래 알아들을 수 없었지요
그러다가 제 아버지 무덤에 가서
고래고래 알아들을 수 없는 주정판이었지요

사람과 사람 사이 서로 말 알아들을 수 없으면 만리 밖으로 멀다
전혀 낯선 땅으로 멀다
그래서 저승한테 거지별 빛날 때까지 생주정판이었지요

달밤

우리 동네 용둔마을 꼭꼭 숨은 두메마을
하늘에서나 보아야 보이는 마을
이런 마을에
큰 재앙이 두 번

한 번은 증조할아버지 때
갑오년 난리로
이 마을 장정들
전주감영까지 잡혀가 죽었던 일
기웅이 고조할아버지 거기 가 맞아죽고
내 증조할아버지 다리 한짝 못 쓰게 되어
어찌어찌 돌아왔고
기웅이 고조할아버지 송장 메고 온
두희봉이 영감네 할아버지 돌아와
아무 일도 못하고 갱신 못하던 일
역적 난 마을이라고
을미 병신 정유년 살 수 없어서
밤을 도와 떠나던 일

한 번은 아버지 때
6·25 난리로
우익 경찰이 보도연맹 잡아다 죽였던 일
좌익이 우익을 잡아죽였던 일
9·28 수복 직후

우익이 좌익을 잡아죽였던 일
어린 내 몸에서
송장 파내고
송장냄새 열흘 가도 보름 가도
아무리 빨랫비누로 씻어내도 씻어내도
지워지지 않던 일
미제 뒷산
우리 동네 할미산
아이 밴 아낙네 송장
허파 튀어나온 송장 무슨무슨 송장들

수리눈에
저 아래 코딱지만하게 내려다보이는 동네가
어찌 이 같은 큰 재앙 내림인지
갑오년 이래
죽은 사람들 그 사람들 살아서 돌아오는 밤
휘영청 밝은 달밤
그때 미쳐버린 새터 기웅이 아버지
오줌 하나 못 가리는 기웅이 아버지
그 영감 잠든 달밤

달아
달아
네가 무슨 사람이라고

꼭 사람 얼굴로
이 두메마을 내려다보느냐

너 이놈! 싸가지없는 놈!

시인 정지상

고려 이미 기울어가는데
송도 도읍은 빈집투성이
백성의 원한 기러기보다 높은데
이때
대동강 서경으로 도읍을 옮겨 써 떨쳐
나라를 큰 땅으로 펼치려 함이 옳거니와
묘청과 함께
백수한과 함께
대동강물과 함께
이 뜻 품었던바
신라 사대주의 이래의 김부식에게
맨 먼저 죽고 말았다
한 시절 지상과 부식 시의 벗이었으매
'절간에서는 독경소리 끝나고
하늘빛 깨끗하기 유리로다'
라는 구절이 있는데
부식이 이를 탐내어
제 시로 하려고 알랑댔으나
지상이 들어주지 않자
이 앙심으로 부식의 칼이 지상의 목을 내려쳤다
죽은 지상 음귀로 떠다니며
절간 칙간에 숨어 있다가
부식이 뒤를 보자
그의 불알을 뽑아 죽여버렸다

6대 왕조 주름잡은 늙은 송장
일흔일곱 늙은 송장에 묵은 구린내깨나 푹 절여 있었다

김부식

송나라 동파거사는
고려 사절 따위 내쫓아버렸다
고려놈들 이 천한 오랑캐놈들! 하고

그런 동파거사 흠모한 아버지 김근 나리
셋째아들 이름을 동파 소식의 식자 따서
부식이라 고치고
그걸로 성이 안 차
넷째아들 이름도 소식의 아우 소철의 철자 따서
부철이라 고쳐주고
만약 동파거사께오서
손위 형들이 있었다면
부필 부일마저 그 이름자로 고쳐야 했것다
시와 학문에 뒤진 것으로
정지상 죽여버리더니
묘청 역적이라 들씌우더니
어찌 이뿐이겠는가
늙어 써 올린 『삼국사기』 가로되
거기에는
고구려 승전고도 울리지 않고
발해도 없고
오로지 신라가 제일 먼저 세워진 듯이
세발 네발 가로되
밤새도록 중화 춘추필법 이소사대 맨망으로 가로되

미제 대장장이

매갈잇간 옆 대장간에서는
언제나 낫 나오고 호미 나온다
시뻘건 대장간 불에 달구어져 무시무시한 곡괭이 나온다
대장장이 송영감하고
그의 아들 창길이하고 비지땀 마르며
잘도 달군 시우쇠 내리쳐 모 내고 가다듬는다
어느날 대장간 양철문 꽉 닫히고 말았다
송영감 병나 개정병원 가고
창길이도 갔다
창길이는 밥도 잘하고 일도 잘하고
홀아비 된 아버지한테 병구완도 잘한다
끝내 아버지 죽고
창길이 혼자 돌아왔다
열살부터 하던 일 대장간 일
원당리 다리병신 아이 데려다가
둘이 대장간 문 열었다
미제 이쁜이 쌀봉이네 논에서
선 벼는 말하고
익은 벼는 듣는다
그 무슨 사연

우리 아기씨 대장간 가시네

똥가래 밭가래

한규 할아버지 첫마누라 소생 형제 똥가래 밭가래
명 길라고 궂은 이름 지어 불러주었다
다섯 이레 넘기기 어려운 시절
부잣집 젖 많은 집에서도
백일 넘기기 어려운 시절
똥구멍 찢어지게 가난한 집구석도
제 자식 백일잔치
시룻번 뜯어먹으며 기뻐하는 까닭 거기 있다
똥가래 밭가래
그 이름으로 부르면
야 인마
내 이름은 똥가래 아니다 밭가래 아니다고
커가며 화내었다
둘 다 경성 가서 경성중학 다니더니
하나는 6·25 때 나가 죽었지
낙동강전투에서
다부동에서

재숙이

시암 안집 처녀 재숙이
찰찰 넘치는 물동이 이고 가며
먼 데 바라보기도 한다
첫가을 백리가 탁 트였구나
내년에는
우리 동네 떠날 재숙이
온통 부푼 재숙이
달 진 뒤의 어둠 같은 재숙이

원당리 홍성구

미룡국민학교 한반 친구
눈곱 잘 끼는 친구
우리가 들어가자마자
조선어가 없어지고
국어만 배웠다
국어라는 일본어
모모따로오 이누 오사루 키지
그때 성구 네 이름도 성구가 아니었다
그러나 너 따라 원당리 가서
네 아버지 뒤엄 져나르다가
너더러 성구야 집에 가 쇠스랑 가져오너라 했을 때
네 이름이 성구임을 알았다
나는 그때 네가 새로웠다
너에게도 나에게도 원래 이름이 있었구나
나는 신났다 보리 펠 무렵 마구 뛰었다
3년 뒤 우리에게는
일본 이름이 없어졌다
새로 시작했다
그뒤 너는 방인근을 읽었다 나도 읽었다
너는 반탁이었다 반탁이다 신탁이었다 나도 그랬다

우물

그 집 안에는 우물이 있어요
열 길도 넘는 우물이 있어요
그윽한 분례네 집
분례 어머니 박꽃처럼 환한 분례 어머니하고
어린 분례하고 오래 피는 옥잠화하고
단 두 식구 살고 있어요 꽃하고 세 식구 살아요
젊은 과수댁이라
말 한마디도 삼가고
한여름 등물도 한 적 없어요
그 분례 어머니가
열 길 우물에 묵직한 두레박 내려뜨려
길어올린 검푸른 물
그 물의 고요와 그 무서움
심부름 가서
한 모금 마시고 나면 온몸 가시 돋아요 두근두근대어요

문개평

개사리 세 마을 중
첫 마을에는 문개평이 살고 있지
노름판마다 투전판마다
초상집 멍석마다
또 묵내기판마다
어디 하나 그냥 두지 않고
영락없이 나타나
산에 가 엉덩이 까고 앉으면
왱 하고 나타나는 똥파리님인 양 어김없이 나타나
하룻밤 내내 하품 먹으며
괄시받으며
큰 판에 한푼씩 개평 뜯어
그것 챙겨와
마누라한테 말하기를
어찌 간밤에는 패가 안 나와
이것밖에 못 벌었네
그러자 마누라 대꾸하기를
우리 서방 문개평이가 이만하면 됐지 뭐

여자 이홍광

일제의 만주침략 직후
길림 탕원에서
동만항일의용군 12군이 편성되었다
조선독립군 공산군 마적
장학량군 그 밖의 사병대들로 편성되었다
총사령 양정우
부사령 이홍광
제1군장 사문동
제2군장 이연록
제3군장 왕덕태
12군이 되었다
제3군장도 곧 조선 젊은이가 맡았다
항일의용군의 작전 판도는
간도 화룡현 훈춘 안도 왕청현과
조선 북부까지 그들의 유격전이 끊임없었다
간도 의병 독립군이
일제 씨베리아 출병으로 훈춘사변으로 흩어진 뒤
1923년 이래 남은 것은 그들뿐
이때 최남선은 일본 경찰의 호위 받으며
이들 항일의용군을 적으로 삼고
백두산 올라
오호라 배달겨레의 근본이여 운운했다
1940년대 초까지
끝까지 물고 늘어져서

관동군 현상금 1만원짜리가 되어도 잡히지 않았다
부사령 이홍광은 조선 여자
붉은 망또 걸쳐 입고 말 달리는 여장부
그녀 나타나는 곳마다 왜놈의 시체 쌓였다
그녀 사라지는 곳마다 왜놈의 진지 쑥밭 되었다
어디서 태어났는지
부모가 누구인지
나이가 몇인지
어디서 배웠는지
이따위 다 파묻고
오직 조선의 여자일 따름
이홍광일 따름
왜놈과 싸움 이기는 여자일 따름
이만큼 민족의 재앙 가운데
저 자신을 오직 한 가지 싸움으로만 몰아친바
이홍광일 따름
만주벌판 동포들 사이
만주벌판 먼지바람 불어 솟구쳐
하늘 치면
그 하늘 먹구름 불러
천둥번개 쳐 억수비 퍼붓는 큰 땅 동포들 사이
조선 아낙네와 시악시들 사이
어린아이들 사이
털벙거지 쓴 남정네들 사이

이홍광
그 이름만 불러도 얼마나 힘이 났던가 나라가 벌떡 섰던가
해방 뒤 돌아오지 않은 이홍광
그 순수
그 인멸

조필우 부자

방학 때 몰래 참외 백개 땄다는 관여산 조필우
항시 입술 푸르딩딩한 조필우
물싼 바지저고리 조필우
그의 아버지도 청기와장수인지라
무슨 일 나면 혼자 차지해버리는 사람인지라
항시 입술 푸르딩딩한 아들 닮아 그 입술인지라
아들이 참외서리 해오면
애야 내일 장에 내다가 팔자
아들 대꾸
그럼 이걸 다 집에서 먹으려고 따온 줄 알어
이걸로 할아버지 제삿날 제수 장만해야지
제기럴 여름 제사는 깜부기보다 못한 것이여
그 참외 내다팔아
조필우 할아버지 제삿날 유세차감소고우
지극정성 음복 술맛이여
닭 우는 소리 첫 홰째인가 두 홰째인가

재술이네 헛청

정초 걸립 때 추울 때
재술이네 큰 헛청에 꾸민 무대에서
왼팔 머리 위로 올려
학 시늉
학춤 잘도 춘다
아버지 춤 잘도 춘다
동네사람들 입 벌어져 탄복하는데
싱거운 어머니도 손꼽으며
참 내! 하고 자랑스러워한다
엊그제 아버지한테
머리끄덩이 잡혀 맞던 일 잊고
무덤 같은
솔방울 같은 미움 잊고

만순이

얼굴에 참깨 들깨 쏟아져
주근깨 자욱한데
그래도 눈썹 좋고 눈동자 좋아
산들바람 일었는데
물에 떨어진 그림자하구선
천하절색이었는데
일제 말기 아주까리 열매 따다 바치다가
머리에 히노마루 띠 매고
정신대 되어 떠났다
비행기 꼬랑지 만드는 공장에 돈 벌러 간다고
미제부락 애국부인단 여편네가 데려갔다
일장기 날리며 갔다
만순이네 집에는
허허 면장이 보낸 청주 한 병과
쌀 배급표 한 장이 왔다
허허 이 무슨 팔자 고치는 판인가
그러나 해방되어 다 돌아와도
만순이 하나 소식 없다
백도라지꽃 피는데
하루 내내 죽어라고
쓰르라미 우는데

편지

교장이 장차 뭐가 되겠느냐고 물었을 때
사내애들은 야마모또 이소로꾸 사령장관이 되겠다
노기 대장이 되겠다 했다
계집애들은 간호부가 되어서
남태평양 라바울전선 황군 부상병 치료해주겠다고 했다
교장이 나더러 물었을 때
나는 천황폐하가 되겠다고 했다
그러자 날벼락이 떨어졌다
네 이놈 천황폐하라고?
감히 만세일계의 폐하를 모독하다니
네 이놈 당장 퇴학이다
담임선생이 빌고
아버지가 교장 사택에 가서 빌었다
퇴학 대신 6개월 벌받았다
그뒤로 교장이 또 물었을 때
나는 우편배달이 되겠다 했다
사람과 사람 사이의 소식 전하는 사람이 되겠다 했다
나는 우편배달 아저씨와 편지를 좋아했다
나한테는 한 장도 오지 않지만
동네에 우편배달 자전거 오면 책 덮고 뒤따랐다
일년에 편지 스무 통쯤 올똥말똥
안뜸 다목이란 놈
동네 편지 방죽가에서 받아다가
다 뜯어보고

밑지로 쓰고 딱지 만들고 했다
떡 얻어먹으러 가서
떡 안 주는 집에 앙심 품고 있다가
그 집 편지 뜯어보고 찢어버리고 웃어댔다
일제시대 한동안
우리 동네는 편지 없이 두메산골 그대로 소식 없이
집 떠난 사람들 아무 소식 없이
죽었는가 살았는가 까막까막하다가
기어코 다목이 짓 들통나서
우편배달 파면당하고
다목이 주재소에 끌려가 열흘 만에 돌아왔다
내가 우편배달이 되고 싶었다
그러나 새 우편배달부가 왔다 눈썹 없는 사람이었다

황진이

송도 달밤
여인 하나이 이 나라 시와 사랑을 서리서리 도맡아버렸구나
한심한 묵객들아 어즈버 어즈버 타령 그만두고
문방사우 뒤엎고 나오너라 너울너울 춤추어라

동수네 오형제

덜 마른 억새다발 처때어
연기 못 나가는 부엌
하늘에 잔뜩 구름 끼어
밥 뜸도 제대로 안 들었는데
동수 어머니 밥 한 솥 퍼내어야 한다
새끼들 다섯 형제 우르르 몰려와
밥 푸는 것 보며 침 넘어간다
동수 어머니 얼른
쌀 한줌 얹은 것
서방님 밥그릇에 퍼담을 때
둘째 동실이가 그걸 보고 말했다
왜 아버지만 쌀밥 줘?
어머니 대꾸 아버지는 일 많이 한다
나도 일할게 쌀밥 퍼줘
너는 나중에 실컷 일 많이 한다
그때 네 마누라한테 쌀밥 얻어먹어라
체 영감 앞에 자식은 고양이만도 쥐만도 못하구만
오동족제비만도 못하구만
큰아들 동수가 벌써 여드름 나 한마디한다
이놈들아 어서 커라
시커먼 보리밥 먹고 간장 된장 먹고

반남 박씨네 무덤

반남 박씨가 뭔지 모르지만
어느 시러베아드님인지 모르지만
반남 박씨네 무덤 하나
집채만하다
박넝쿨 올라간 집채만하다
그 무덤 하나
여우골 산 온 산을 여봐라 하고 차지하고 있다
그 근처 어디에도
감히 다른 무덤 못 온다
그런데 어느날 아침
수박밭 끝물 걷을 때 바라보니
이 무덤 정수리에 말뚝 하나 박혀 있다
아뿔싸

미제 두 복동이

미제마을에는 김복동이 있고
홍복동이 있다
서로 두서너 살 층져서
야 자 하는 사이
그런데 이들은 걸핏하면
싸우는데
이름 쌍둥이값 하느라
싸우기는 싸우는데
주먹질도 하지 않고
그냥 멱살 거머쥐어 죄어들어가
멱살 쥔 손에 힘주어
으르렁댈 뿐
씩씩거릴 뿐
동네사람 싸움구경 나와 싱겁다
개 뿔붙은 것 구경하듯이
뱀 엉긴 것 구경하듯이
얼라 또 복동이 싸움이여
굵은 소금 한줌 가져와
싱거운 싸움에 짭짤하게 간 맞춰야지

서문 밖 한약방

고개 둘 넘어서
살모사 나오는 숲길 오싹 넘어서
대숲에 싸인 집
푸근한 집
그 집 사랑채 약방 천장에는
온통 한약 봉다리 매달려 있다
약장에는 백출 당귀 지황 감초 갖가지 들어 있다
아랫목 찬 방바닥에
망건 비스름한 영감
제갈공명 같은 영감 앉아 있다
사관 잘 놓아
침 끝에 신내렸다고 자자하여
가근방 어디에도 안 다닌 데 없다
내 머리
쇠스랑으로 찍힌 데도 고약 붙여
근 빼어내고
썩 나아주었다
언제나 갓 쓰고 두루마기 떨쳐입고
마른 미투리 가벼이 신고
급한 병 났을 때는
식전바람 이슬 차며 넘어오던 영감
그 영감 세상 떠났을 때는
아홉 동네 사람들 다 만장 들고 앞섰다
그 영감 대상 때는

아홉 동네 열 동네 사람들 다 와서
아이고 아이고 아이고 곡하였다
서문 밖 의원영감 전봉중이 영감
죽기 일년 전부터
똥그란 안경 쓴 영감

김창숙

싸가지없는 이승만 꼬라지
진작부터 알았다
상해 임정 때도
이승만 노는 것 미워했다 싸웠다
이 싸움 내내 시들지 않아서
1950년대 성균관 총장 성균관 관장 자리 쫓겨나게 되었다

긴 세월 감옥살이
고문으로 다리병신 되어
제 걸음 걷지 못하는 세월

조선 유교
이만한 사람 있기 위하여
5백년 수작 헛되지 않았다 하늘 놀지 않았다

그에게는 사나이 눈물이 있고
사나이 노기 있고
사나이 쓰라린 기상 있다

그의 노래
저기 저 사이비 군자들
맹세코 이 땅에서 쓸어버리리
길에서 죽기로니 무슨 한이랴

쌍둥이 어머니

병현이 병진이 쌍둥이 어머니
축 늘어진 젖 드러내놓고
사방팔방 휘저어 다니는 아낙네
태풍에 칙간 무너진 뒤
동네 남정네 보건 말건
수숫대 서걱이는 밭에
궁둥이 까고 오줌 뿜는 아낙네
반찬 없으면
남의 집 푸성귀도 마구 뜯어다가 삶는 아낙네
쌍둥이 가운데 한 놈이
동네 아이들과 놀다가 맞고 울고 오면
저런 오사급살할 놈! 벼락 맞아 뒈질 놈!
아니 삼복더위에 생짚 깔고 퍼질러놓으니
남한테 얻어맞고나 다니다니
이렇게 막된 쌍둥이 어머니
이런 아낙네한테도
지난날 부끄러워하고 수줍은 처녀시절이 있었을 터
얼마나 얼마나 아흐 귀한 시절일 터

옥정골 고중돈

사범학교 나와서
수십년 선생 노릇만 해서
등잔불 밑
늦은 밥상 고추장도 아이같이 보이는 눈
저녁 눈 내리는데
오냐오냐 공부 잘해야지

아우 충조

일제말 먹을 것 없을 때
산에 나무 없을 때
막막한 봄 진달래 없을 때
아우 충조는
내 아수 늦보아서
하필이면 그 궁한 때 태어나는데
시오릿길 항구의 병원으로
산모가 실려가는데
대가리 안 나오게
어머니의 밑 막고
털털털 달구지에 실려가는데
태어나려고 태어나려고 나오는 것을 막고
산모인 어머니 달구지 고리 붙들고
비명을 질러대는데
그렇게 해서
시오릿길 가서
병원에 가 태어난 놈
구암병원이라 구암쇠라 부른 놈
아우 충조는 그렇게 나왔다
그렇게 나와 자라났다
팔랑개비 앞세워 잘도 달렸다
이런 아우에게도
팔일오 육이오 사일구 따위 지나서
서른 갓 넘어 백혈병으로 세상 떠났다

니나노깨나
두만강 푸른 물깨나
젓가락 장단 신나던 놈
죽을 때도
두 손 니나노장단
가까스로

함박눈

함박눈 내리는데
이 세상 둥둥 떠내려가며 내리는데
모든 죄악 사해버리고
육친이여
자비의 육친이여
함박눈이 내리면
머리 아픈 아버지여
아들이여
잠밥 먹여 나아주는 할머니여
이런 날 삼우겟날
이 세상 떠난 지 며칠 안 되는 새터 양례 할머니여
눈 덮인 새 무덤이여
타향에서 고향으로
고향에서 타향으로
함박눈 내리는데
하염없이 눈 내리는 날 이런 날 묻힌 양례 할머니여

용술이 삼촌

만주 장춘 가서 봉천 가서
거기서 아라사 여자하고 산다던 용술이 삼촌
쌍두마차 타고 복지만리 다닌다던 용술이 삼촌
아니야
그냥 몸뚱어리 하나 알거지 되어 돌아왔다
이마에는 내 천자가 겹으로 그어지고
볼 쪽 빨고 턱주가리 뼈다귀 다 드러나 돌아왔다
그 사람의 목소리 하나
옛날 그대로여서
너 잘 있었구나 할 때
그 목소리 그 낯익은 목소리
새로 들릴 때
과거란 과거 온통 새것이 된다
이른 봄 새로 돋은 둑새풀보다 개쑥보다

김일태란 놈

우리는 3학년 1학기까지
일본이 망할 때까지
아침마다
동남쪽 일본 궁성 쪽에 대고
동방요배로 절을 했다
오정 때는 틀림없이 묵념을 했다
담임선생 출장 가서
급장이 담임 대신 아이들 맡은 날
원당리 홍기양이하고
개사리 히로따 이찌로오하고
동방요배 때려치우고
시시덕거렸는데
이것을 미제 김일태가 고자질했다
일본인 교장 아베 쯔또무 호랑이 가로되
두 놈 당장 무기정학 처분이거니와
그 시시덕거리는 걸 본 놈도
그걸 보느라고
동방요배 안한 것이니
네놈도 벌받아
일주일 동안 변소 소제 맡아라!
미제 김일태란 놈
고자질해서
운동화 배급 타려고 했는데
운동화 대신

변소 소제 보리밥똥 지지랑물 설사똥 치우느라
그 고자질 그 구린내에

나철

조선 말기에 태어난 사람 역마살 한짐 지고 나왔다
나철 선생이 누구인고
을사조약 체결되자
왜국 조야에 담판하러
현해탄 돛배 타고 건너갔다 돌아와
그 조약 주도했던 매국노 암살에 나선 사람
벼슬이고 뭐고 버리고
테러리스트로 나선 사람
그뒤로 섬 귀양살이에서 돌아와
그로부터 백두산 백봉도사 만나
이 땅 역대의 그늘 속으로 이어진 단군 종교로
대종교 새로 연 사람
그 사람 나철
조선땅 곳곳 방방곡곡이요
만주벌판 드넓은 산과 들이요
백두산을 한복판으로
화룡현 청파호 물가에
대종교 총본사 두어
단군 고토 남북 5만리 동서 2만리 신국이라
동서남북 4도 교구 두어
대종교도 30만으로 껑충 불어났다
조선동포 3할
게다가 김동삼 김규식 이시영 김좌진
이동휘 신채호 조소앙을 망라하고

이상설 이동녕 신규식 서일 강석화로
교구를 맡게 하여
대종교 사람으로 편대를 삼고
대종교 돈으로 총포 사들여
청산리 큰 싸움 앞서 크고 작은 싸움으로
대종교가 이렇게 떨치는데
왜적이 그저 두고 볼 일인가
대종교 해체를 명령하자
1915년 국내로 돌아와
구월산 삼성사에서
추석날 북으로 백두산에 절하고
남으로 고향 벌교 선영에 절하고
폐기법으로 숨 끊어 자결하였다
사 없이
공으로 살고 공으로 죽은 사람
조선땅 좁아라 하고
고조선 드넓은 땅 달린 사람
그가 죽자
대종교 비밀교단
발해 상경 동경성에 총본사 두고
제자 김헌 윤세복 서일이 이끌어가다가
그들 역시
독립군 거덜나면서 바닥났다
간도 의병과 독립군 시대 지나서

그뒤로 유격전 시대 들어서자
나철의 고토노선 고조선노선이
새 노선으로 돌아섰다
이 싸움의 전환에 나철 선생이 달려온 것
대종교 나철!
그냥 나철!
첫째 그는 도덕 자체였다 꿈 자체였다

중복날

아래뜸 사람들 중복날
세규네하고
재돈이네하고
부잣집들 빼놓고는
겉보리 두 되씩 걷어다가
송아지만한 놈 개 한 마리 잡았다
앞산 소나무 밑에 솥 걸고
생나무 쟁여 불 때었다
긴긴 여름 발등에 고깃국물 한 방울만 떨어져도
그 힘으로 한여름 날 수 있다 하지만
어디 그런가
허기져 세상 뼁 도는데
개고기 두어 점 건져먹고
진국물 마시니
비로소 사람이 사람으로 보였다
아래뜸 언년이 아버지 허벅다리 치며 신소리 나왔다
무릇 새끼는 밑으로 나오고
세상은 입으로 나오는구나

지붕

지붕이 그 집의 사주팔자다
기와만년 기와집은 기와로 지붕을 하고
굴피천년 굴피집은 굴피로 지붕 얹고
초가삼간 지붕이야 짚으로 지붕 이고
우리 동네 기와집은
똥가래네 사랑채 하나
그 집 말고 초가뿐이고
가을걷이 마친 뒤로
무 썰어 된장 지지는 날
말끔히 새 짚으로 지붕 이어
그 집 큰애기 향내 나는 날
그런 중에도
외진 데 오막살이
김어구네 지붕
올해도 그냥 넘겨 3년째 헌 지붕이고
골 패어 풀 쇠고
쇠비름 우거지고
김어구네 식구들 그 부끄러움이여
어느 하늘놈 막아주나
어느 귀신 연놈 막아주나
김어구네 오막살이 거기만이 아니구나
동고티 김기백이네도
쇠정지 관선이네도
헌 지붕 노래기깨나 엔간히 떨어진다

한동네 한식구라는 말
두레라는 말
말짱 헛것이여 물감자여

개사리 개장수

개사리 개장수
이름도 성도 몰라
누구든지 개장수라고 하면 되지
그 개장수에
개장수 아들
개장수 딸 있지
개한테는 어사출또
그 개장수 나타나면
사납기로 소문난 재남이네 개도
꼬리 접어 샅에 찔러넣고 달달 떨고
새터 관전이네 새끼 낳은 놈도
엉겁결에 아궁이로 들어가버리고
새끼들만 남아 낑낑대었지
아무리 날쌘 놈도
그 개장수 나타나면
꼼짝달싹 못하고 고개 숙여 대죄하지
그 개장수
선제리 개장수하고 큰 싸움 하고 돌아와
사흘 앓다가
세상 떠난 날
구름 한점 없이 빗낱 뿌린 날
하늘 우는 날
개사리 개란 개 다 나와
뒷산에 가

마구 짖어댔다지
해방이었다지
을유년 8·15해방이었다지
그동안
그 손에 죽은 수많은 개 귀신도
거기 와 함께 짖어댔다지

문수원

문수원은 내 상급반 급장이었지
목소리에 구슬 한 되 들어서 영롱했지
눈에는 호수 들어 있고
입에는 풍년 인심 들었지
키도 발가웃 장대였지
참 심성 좋았지
선생님도 좋아하고
아이들도 좋아하고
누구한테 욕할 일 있어도
겨우 인마 그러면 쓰냐
그 문수원이가
해방 이후 나와 동급생 되었지
내가 월반해서 동급생 되어
서로 1등 다투어
1등 하다가 2등 하다가 그랬지
홍수진 날 길에 물 넘치던 날
그가 내 손 잡아주었지
인마 너 그러면 쓰냐
제발 공부 좀 못해봐라
공부가 사람 막되어먹게 한단다

그뒤로
그는 4등 하다가 7등까지 내려갔다
내 어린 시절

나는 졌다
처참하게

기마상

고구려 말 성난 갈기 세워 달리는 말
그 위에 창 꼬나쥐고
허리 꺾어 냅다 달리는 군사
고구려 기마상 보고 있노라면
두 주먹에 힘 고인다
두 눈에 눈물 고인다
창과 칼 아니고서는
활 아니고서는
첫째 살아날 수 없음이
보라 고구려 아니더냐
요하 유역
송화강 유역
살수 패수 유역이 다
한나라 군현 아니더냐
이와 맞서 나라 세웠나니
어찌 싸움 없이 살 수 있겠느냐
그러나 고구려는
숫제 창꾼 칼잡이 활장이 아니었나니
이 무(武)와 함께 문(文) 있었나니
문무 나누어진 중세의 기능이 옳지 못함이며
그리하여 이 땅의 먹물통 마땅히
싸우는 자 되고
싸우는 자
무단독재가 아닌

문화의 높은 향기 깨쳐야 하나니
고구려 달리는 말
고구려 기마상 보노라면
몇천년 뒤의 자손에게도 아따 거룩하나니

벌초

대길이 아저씨는
방아달 언덕 아래
늘 물 나오는 무덤
임자 없는 무덤 두 개
그 풀더미 풀 깎아준다
8월 들어
머슴이라 주인네 일 틈내어
쉴 참 내어 얼른 깎아준다
그러자 대길이 아저씨 따라
동고티 동렬이도 거기 가서 낫질한다
청초 우거진 골이라더니
벌초한 뒤 무덤 한번 인물 난다
며칠 뒤
동네 어른들 게으름 반으로
부모 무덤
증조 고조 무덤
시제 지내는 먼 조상 무덤
침 탁 뱉어 낫자루 쥐고
썸뻑 드는 낫으로
벌초에 나선다
산마다 언덕마다
무덤들 풀 깎아 말짱해진다
바야흐로 무덤이 사람하고 상종한다
재작년에 쓴 상렬이 아버지 무덤

그 무덤도
풀과 떼 덮여 제법 무덤 반열에 든다
게으름뱅이 상렬이
똥 싸러 가서도
한나절 안 나오는 상렬이
제 아버지 무덤 벌초로 진종일이다
한마디 구시렁대기를
체 이놈의 일이란 한도 끝도 없다니
이 사람아 아버지 무덤 벌초가 어디 일인가

지렁이

여섯살 먹으면 별을 헤지
밤이 좋지
대낮은 싫어
어머니는 밭에 가고
아버지는 논에 가지
남의 논에 가지
대낮에는
소나기 간 뒤
처마 밑 지렁이하고 놀지

여섯살 먹은 아이 심심한 도섭이란 놈 이렇게 밤 기다린다

오촌 종식이

오촌 종식이는 싱겁지
매워도
당숙모가 맵냐고 물어야 맵네 하지
육장 해소기침 달고 다니건만
이 안 닦아 누런 이로 웃음 나오지
웃지나 말지
할미산 올라가서
미제 쪽 물난리 지곡리 쪽 물난리 볼 때도
물이 많기는 많네
사람도 많기는 많네 하고 싱겁지
싱겁게 웃지나 말지
게다가 걸음은 황새걸음 왜가리걸음
손아랫사람 보고도
먼저 인사
조반 먹었는가

육손이

서른살 노총각 육손이
손가락 하나가 더 있어서
일 많이 하라고 더 있어서
그의 오른손은 늘 넉넉하구나
타고난 것이라
새삼 거북할 것도 여북할 것도 없다
그 육손이 손으로
구럭 잘 짜고
싸릿대 바작도 잘 엮는다
두 다리 뻗고
육자배기 한가락 걸치며 안주 하며
두레멍석 짜는데
세상이 아무리 발딱 뒤집혀도
그냥 그대로
짓궂은 사람 바싹 다가가
우르르 쾅! 하고 놀래주어도
그냥 그대로 멍석 짜는데
그런다고 뭐 안 떨어진 간 떨어지겠나
이리 와
이거나 먹어 하고
찬 고구마
어제 찐 고구마 눈으로 권한다
재봉이 아버지 점잖게 말하기를
육손이란 놈 우리 동네 부처님 가운데토막이여

말은 그렇게 하지만
두 딸 있어도 사위 삼을까? 어림없겠지
암 그렇겠지
말로만 겉으로만 풍년이고 부처님으로 치켜올리지

양증조할아버지

늘 웃었다
나 대여섯살 때
늘 웃었다
할아버지를 양아들 삼아
할아버지한테
막내둥이 할아버지한테
논밭 넘겨주고
주정뱅이 할아버지 장가길에 사람 넣어
성산면 연안 차씨
살결 고운 처녀로 짝지어 며느리 삼아
그 양아들 내외 앞에서 웃으며 죽었다
할아버지는
양아버지 제사를
아버지는
양할아버지 제사를
나는
양증조할아버지 제사를 지내는데
그 모습 생각나지 않는다
아버지가
처음으로 서당 가는 날
나를 데리고 가서 절 시키던
양증조할아버지 무덤
거기 가도
그 모습 생각나지 않는다

저 아래 밭두렁
썩은 풀 냄새 바람 타고 올라올 뿐이다

은적사 어린 중

은적사 어린 중
늙은 중하고
큰방 뒹굴며 장난하다가
늙은 중 귀때기 잡고
이놈!
늙은 중께서야
늙은 중께서야 다만 흠 흠 흠
한평생 불러댄 관세음보살 마하살 다 까먹고
노소도 까먹고

피서방 내외

그 시절
이 멀고 먼 전라도가 어디라고
경상도 고령땅인가 어딘가에서
어찌어찌 흘러와서
우리 동네 들 나가는 길
오막살이 빈집 들어
그러십니껴 이러십니껴
온갖 일 마다않고
관 나갈 때 복사나무 가지로
관 치는 일까지 마다않고 다 하는 피서방
피서방 내외
그 노루귀로 들어간 말
다시 나오는 법 없지
해방되자 고향땅 다녀오겠다고 가서
영영 돌아오지 않았다
피서방 마누라만 남아서
부쩍 흰머리 늘었다
혹은 고향 가다가 죽었다고
혹은 고향 갔다 오다가 죽었다고
혹은 산에 갔다고
그 순한 사람 창 들고 산에 갔다고

당고모

큰집 탱자울타리 감돌아서
큰집 당고모
먼 데 함경도로 시집갔다
고개 하나 넘어도 먼 곳인데
함경도라니
함경도라니
그 저승으로 시집가
편지 한 번 오고 내내 소식 끊었다
함경도라니
함경도라니
큰집 할머니한테
누가 와
자식 농사 얼마나 했느냐
몇형제 두었느냐고 하면
아들 형제
딸 하나라 했다
하나는 독점고개
이씨네 며느리로 가고
하나는 함경도로 시집갔는데
함경도로 간 건
저승으로 치부해서
죽은 것으로 친다
추석 때도
추운 대보름 때도

냉랭히 그 딸 생각하는 일 없었는데
임종 때에야
회령인가 마령인가 어딘가 버드나무 밑에서
우리 쪼까니 널뛰는 꿈 꾸었다
앞치마 두르고 수건 쓰고
펄쩍펄쩍 널뛰는 꿈 꾸었다

화엄 의상

서라벌 귀족의 자식으로
스무살에 스님이 되어
스무살에 원효를 형으로 섬긴다
원효는 바다를 썩 좋아하지 않았다
그래서 원효하고 의상이
당나라 들어가기를 작정하는데
고구려땅 육로를 잡아 나섰다
그러나 그들은 신라 첩자 혐의로 잡혔다가
겨우겨우 신라로 돌아왔다
이번에는
백제 옛 땅 당항성 뱃길을 잡아 나섰다
나루에 이르러
원효는 아무래도 당나라까지 갈 까닭이 없었던지
깜깜절벽 밤중
해골바가지 물 마시고
다음날 아침
이 세상 마음이 짓는다 깨치고 돌아가고
의상 혼자 바다 건넜다
의상은 바다를 좋아했다
그가 뒤에 돌아와 동해 낙산사에 머문 것도 그 때문인가
의상은 중국 등주땅 처녀 선묘의 눈에 박혔다
그 중국 처녀가
의상의 옷 지어주고 쓸 물건도 대주었다
종남산 지상사 화엄대가 지엄의 제자 되어

지엄과 도선의 인가 받고
현수법장과 함께 큰 제자가 되었다
의상의 화엄가 법성게 신묘하구나
한번 읊으면
마음 가득 우주가 찬다 법이 찬다고 자자했다
그러나 이 당나라 화엄학이 귀족의 것인지라
만백성에게는 도대체 허깨비라
당나라가 백제 고구려를 멸하고 난 끝이라
신라까지 멸하려 할 때
그때 화엄 의상 황급히 돌아왔다
한사코 따르는 선묘도 두고 돌아왔다
돌아와서
신라 귀족사회에 몸을 두지 않고
혼자 동해의 고독으로 돌아갔다
그러다가 동해 이후 그의 화엄학 펴기 위하여
우선 태백산 밑 영주땅에 절을 지으려는데
그때 바다 건너 임 찾아온 선묘가
돌을 날라다주어
뜬 돌의 가람 세웠다
하필 일본 고산사에
화엄조사 그림이 전해오는데
화엄 의상과 아름다운 선묘의 사랑 전해오는데
아 2백10자의 해인삼매 법성게 한번 읽어보건대
신묘하구나 신묘하구나

평생 한 벌 옷 한 개의 병
한 벌 밥그릇밖에 가진 것 없이
문무왕이 주는 논밭도 노비도 다 사양하고
오로지 불법은 평등하여 높고 낮음이 없고
사람의 귀천이 본디 맞지 않은데
어찌 나에게 종이 있을까보냐 재물이 있을까보냐
무엇에 쓰리 무엇에 쓰리
중이야 법계 우주를 집으로 하고
밥그릇 한 벌 차려 농사지어 살아감이여
쇠로 성을 쌓더라도 재앙이 그치지 않음이여
추운 늦가을밤 달빛의 차가움이여
그 차가움에 화엄 의상의 흔들릴 줄 모르는 눈빛인지라

어린 은태

세상이
사람이
죽을 지경으로 부끄럽기만 한 아이
처서 지나
큰바람 비바람 몰아쳐오면
그때야말로 살아난다
소나무 가지 짝 찢어지고
개가죽나무 뿌리째 뽑혀버리면
그때야말로 살아난다
온갖 부끄러움 다 버리고
식은 몸뚱이 힘차게 불타오르며 살아난다
바람 속에서 몸이 활처럼 휘어질 때
산마루 돌멩이 날릴 때
그때야말로 살아난다
눈 빛나며 콧등에 땀 나며 살아난다
처음으로 설미친 듯이
미친 듯이 달려간다
큰바람과 함께 달려간다

삶의 끝으로 처음으로

홍어 한 마리

추석 무렵 싸아하니 배 아파오며
서늘할 무렵
살아온 데 낯설 무렵
동네 아이들
순한 것들
어디 외서리할 밭도 다 갈아버렸으니
할미산 아랫도리에 올라
비린 생콩 따다가 까먹으며
시장기 때우는데
내일 모레 글피가 벌써 보름날이라
상복씨 자전거에
개다리소반 바닥만한 홍어 한 마리
질질 달고 와
그놈을 마루 밑 토방 구석에 던져둔다
하루이틀쯤 써금써금해져서
그놈 쪄
제사상에 놓을 것 따로 두고
술안주 하면
조상도 조상이지만
우선 산 사람 입에 천신한다
아무리 이마빡 피 한 방울 안 나는 상복씨지만
마침 빌린 연장 가지고 온
사촌 상만이 앉혀
찐 홍어 두어 점에

술 한잔 큰 인심 쓴다
이 강산 아름다운지고 살 만한지고

화양서원

물님 좋구나 골짜기님 바위님 좋구나
화양서원
송시열 섬기는 서원
서른여섯 개나 된다는데
그 가운데서 화양서원이
세도 으뜸이라
심지어는
서원 하인배가 포졸 눈깔 다 빼어버린 뒤
한 놈만 한쪽 눈알 남겨서
눈깔 빠진 장님 포졸 데리고 가게 하는 세도인지라
나는 새도 잡고
뛰는 짐승도 잡는지라
순조 12년
평안도 90만
황해도 50만
강원도 17만
함경도 40만
경기도 7만
그 다음해
전라도 69만
충청도 18만
경상도 92만
이 지경으로 굶주린 백성 널리는데
이 백성의 도탄에 눈 딱 감고

묵패로 백성 잡아다가
족치고
볼기 쳐
온갖 것 다 빼앗아들이니 알겨삼키니
이 무슨 선비러냐 막된 짐승 아니러냐
이런지라
대원군 세도 잡아
서원 7백개 다 태워버리고
마흔일곱 개 남겼으니
대원군 가로되
충청도 사대부만치 나쁜 사대부 없고
평양 기생만치 나쁜 기생 없고
전주 아전만치 나쁜 아전 없다 했는데
이따위 서원 선비들
걸핏하면 헐고 뜯는 상소
복합상소
이거이 무슨 만행인고
이거이 무슨 광태인고
이거이 무슨 언로이고 심로인고

종조부

큰집 큰종조부는 제사로만 알고
가운데종조부는 살아 계시어
풍 만나
언제나 머리 도리질한다
도리질하며 고샅길 내려온다
허어
헌 망건 쓰나마나 쓰고 도리도리 내려온다
허어 그놈
개천에서 용 났냐
구름에서 용 났냐 하고 한마디하고 내려온다

신새벽에 탁 문 열고
애들아 부지런떨어야 깜부기라도 먹고 산다
그렇게 아들 며느리 들볶아 잠 깨운다
그런 종조부인지라
대낮에도 다 피해버리니
동네 우물에 가서
우물 속의 깊은 그림자한테 잔소리 늘어놓는다
빌려 쓰는 네 가지 지수화풍 돌려줄 때가 오기는 왔느냐
이놈아 내 그림자야 너 어디 대답해보아

황소바람

2월 쇠정지 마루
황소바람 쇠울음바람
공단 두루마기 꽃자주 두루마기에
남치마 받쳐입은 아가씨
옥정골 순례 아가씨
무서운 바람 속에서도 떨치는 아리따움이여
아 새빨개진 두 볼 아리따움이여
세월아 네월아
멍 잡아라
땡 잡아라
실컷 추워보아라 순례 아가씨 볼
능금볼 녹지 않게

단지결사대

대한민국단지결사대
무명지 손가락 잘라 혈서 쓴 결사대
왜적과 매국노 쏴죽이는 결사대
50명의 결사대
북간도와 안도현 지방 정의단과도 잇닿아 있는
황용기의 단지결사대
황용기가 누구냐 하면
일곱살 때부터 떠돌아서
때로는 고용살이
때로는 장사꾼
때로는 거지가 되었다가
1919년 천보산에서 젊은이 모아
러시아땅 밟기도 하다가
드디어 만주 세린하로 내려가는 산중에서
젊은이 50명 손가락 잘라
혈서로 맹세하고
왜적 치러
매국노 죽이러 나갈 판인데
그만 두도구 분관에서 잡히고 말았다
단지결사대!
비록 큰일 못 이루고 말았으나
서산에 지는 해 보며
저문 하늘에 쓴 혈서 장하고 장하더라

함덕리 백씨

제주 함덕 뱃사람 김기호는
삼촌 종흥과 함께
갈칫배 타고 나섰다
폭풍 만나 배 뒤집혀 돌아오지 않았다
그의 아내 백씨
해녀 동무를 풀어서
남편 시체 찾아나섰으나
여드레 동안 난바다 밑 다 뒤졌으나
허탕치고
스님 청해다 용왕기도 드렸으나
허탕치고
스물다섯에 과부 되어버린 백씨
저 스스로 목욕재계하고
바닷속으로
바닷속으로 가서
바다 밑 어느 돌틈에 끼여 있는
남편 김기호의 시체
고기들이 뜯어먹다가 만 것이나마 기어이 찾아내어
품어 안고 솟아올랐다
그리하여
울 사이도 없이
슬픔 없이
대강 시신 갖춰
수의 입히고 소나무 관에 넣어

어허 달구 밭머리에 장사 지냈다
아침에 가 무덤 앞에서
오늘 할 일 이것저것 여쭙고
저녁에 가 오늘 한 일 못한 일 낱낱이 여쭙고
집으로 돌아와
아들 하나 둔 것 길러
따온 생미역 먹여 길러
남편으로 두둥실 섬기며 살았다
오 저녁 큰 밀물 때
땅보다 드높은 검은 바다 물보라 속 거기
들리느니 남편의 소리
파도소리

화양댁

강 건너
충청도 화양서
모시 서른 필 가지고
배 타고 시집온 화양댁
고양이를 고이라고 하는 화양댁
새 볼 때 무릿매 잘 던진 화양댁
우리 어머니하고는
친정이 한 충청도여서
우물 밑 미나리꽝
미나리 베는 날
미나리 다발깨나 그냥 준 화양댁
옻 올라서
한여름 내내 혼난 화양댁
이듬해
맏배 병아리
노랑 병아리 쪼르르
모이 따라 내달리는 춘삼월
친정 가더니 돌아오지 않았다
머리 가르마 훤하던 화양댁
그길로
영영 돌아오지 않았다
들리는 말인즉
아기 못 낳는다고 쫓겨갔다 하는데
그 말이 참말이었다

화양댁 며느리 그 자리에
군산 명월옥 기생이 들어왔는데
그 기생도
한 해 넘겨 떠나더니
돌아오지 않았다
잿정지 고개 눈물고개라더니
화양댁 눈물고개라더니
명월옥 행수기생 눈물고개까지 겸하였구나
떡치게도 밝은 달밤
애기 못 낳는다고
다 쫓아버린
야박한 마을 아기 없이 고이 잠들었구나

연장 무덤

만경강 염전에 해일 나서
그 천지개벽에
염전일 하러 갔던
수길이 아저씨
설장고 잘 치던 아저씨
그만 해일에 떠내려가
몸뚱이는커녕
신발 한짝 찾지 못했다
수길이 아저씨네 형제들
시집간 자매들
의논키를
빈 무덤이라도 써
거기에
수길이 아저씨 쓰던 연장
괭이 뿔괭이 삽 쇠스랑
나무자루 빼고 넣어서
수길이 아저씨네 종중산에 묻었다
연장 무덤이었다
마을 아이들 어쩐지 그 무덤에는 가지 않았다
어쩐지 그 헛무덤이 무서웠다
그런데 3년 뒤
이게 웬일인가 수길이 아저씨 살아 돌아왔다
형제들 처음에는 등골이 오싹하였다
수길이 귀신이었기 때문이다

나 귀신 아니다 아니다 하고
살아온 수길이 아저씨 한참 외치고 나서야
서로 얼싸안고
이게 꿈이여 생시여 하고 울고불었다
해일에 떠내려가다가
한정없이 떠내려가다가
웬 나무토막 만나
그놈에 목숨 부지
칠산바다로 떠내려가다가
거기서 배 만나
뱃놈이 말하기를
목숨 구해준 값으로 일 좀 해주고 가라 해서
3년이나 배 안에서 밥 짓는 일 해주다가
법성포에서 도망쳐 왔다 살아 돌아왔다
수길이 아저씨 무덤 파서
연장 꺼내어
거기에 새 자루 맞춰 끼워
흙 한번 찍어보더니
너도 살고 나도 살아 일복 또 터졌구나

황희

영의정 황희는
노비 새끼들이 수염을 잡아다리고
옷자락 잡아다리고
등때기며 볼따귀 치기도 해도
그냥 아프다 아프다 할 따름이었다
술상 차려가면
지지리 못생긴 여종마저
버르장머리없이
술상 차려 탕 내려놓으면
그나마 안주 뿌스러기 그 여종 새끼들이 먹어치운다
한평생을 관운이 들어 재상 노릇만 한 사람
한평생을 가랑이 찢어지게 가난 노릇만 한 사람
그러나 그는 노비 풀고
평민 풀어
한줌도 안되는 양반 노릇 그만두고
새 세상 하나 열 줄 몰랐다
다만 잉어 한 마리 흐를 데 없는 물속에서
세 임금 네 임금 밑
홀로 인자하였구나
홀로 한빈하였구나
애석하구나 궁 딱! 딱!

권학자 님

지곡리 서당 권학자는
김제땅 앞바다 계화도에서
큰 공부 해가지고 온 훈장이었다
나도 논어 배웠다
잠잘 때도 대님 푼 적 없고
그러매 버선 벗은 일 없다
그게 어디 사람인가 생송장이지
그러더니
훈장질 20년이더니
아무리 간재 선생 제자로 큰 공부 했어도
수기지학 통달했어도
크고 작은 학동들 기운 쐬어
자꾸자꾸 어려지더니
세상 뜰 무렵은
놋요강 쨍그랑쨍그랑 쳐서
노망 풍류로 두시를 읊어댔다
그러다가 이쁜 놈 천자문 배우는 놈 불러들여
그놈하고 함께 팥죽 먹고
네 불알 따서 구워먹자고 대들었다
그놈 이쁜 놈 기절해 뻗었다 야단났다
어허 무너지는 건 소나기여 묵은 담만이 아니었다 선비 무너져라

판섭이 오촌

6·25 때 새파란 인민군 들어와
판섭이 오촌이 마을 인민위원장으로 추대되었다
일자무식이었는데
보리개떡 같은 덕을 지녔다
그 덕에 위원장동무 되고 말았다
상묵이 아저씨네 매갈잇간에
용둔부락 인민위원회 간판 걸고
찢어진 치마 입은 여맹 처녀도 맞이하고
면인민위원회 간부도 맞이하고
어릴 때부터 손에 구워진 농사 팽개치고
석달 열흘 그 노릇 하더니
9·28 수복으로 도망갔다가
서수면에선가 익산 오산에선가 잡혀와
할미산 굴속으로 끌려가 총 맞아 죽었다
꼭 염소 같은 판섭이 오촌
생각건대 사람의 일생으로 시작하여
돼지나 개나
사람 가까이 사는 축생의 일생으로 죽어갔다
그 판섭이 오촌 술 취하면 울던 오촌
그 오촌 떠오르면
올가을 술맛 돋울 수 없다
석류 빨개졌는데
미운 대추
열두 살 애무당 표독스러운데

어떤 어머니

갯가에 나가 먹을 것 줍던 아들
원나라 수적에게 잡혀간 아들
그 아들 찾아
어머니 맨몸으로 떠났다
그 길이 어느 길이라고 떠났다
원나라 중국땅 이곳저곳 포구마다 찾아다니며
몸 팔며
종노릇하며
어찌어찌 수소문하여
다 늙어서야
양자강 나루 안개 벗겨지는 날
아들 찾았다
턱에 난 사마귀 하나 보고
네가 전태수 아들 전박달이 아니냐!
내가 네 에미다 네 에미!
어머니!
다 버리고
다 망치고 만난 아들 하나
상거지 된 아들 하나
이 기쁨

검둥이

어디로 가버린 검둥이

방에 불 안 들여
방고래 뜯어야 했다
거기에 검둥이 죽어 있었다
벌써 두번째구나
죽은 지 3년인데
다 잊었는데
새로 억울하구나
달 보고 짖을 줄도 모르고
꼬리 내두를 줄도 모르고
죽어
환한 대낮 어둡구나

살아보면 짐승도 사람인 것을 저승도 이승인 것을

진안이

부엌 아궁이에
두 솥 건 아궁이에
검불불 밀어넣다가
굴뚝에서 거꾸로 내리지른 바람에
검불불 쏟아져나와
박속 같은 기창이 누나 얼굴에 덮쳤다
날벼락이야
날벼락이야
그 얼굴
그 열사흘 달 같은 얼굴
엉망으로 문드러져
눈 까뒤집히고
코 없어지고
두 볼 불타버려
세상에 없는 추녀 되어버렸다
3년 뒤부터
뒷방에 갇혀 있다 나와서
죽어버리라고
가두고 못질해버렸는데
아버지 화 풀려 나와서
큰집 머슴 진안이 마누라 되었다
논 2천평하고
초가삼간 집 한 채하고 주어
그걸로 살아갔다

주제에 노랑저고리 다홍치마 입고 살아갔다
그 징그러운 기창이 누나하고 사는 진안이
그 추물 앞에서
내 마누라
내 마누라 하고 정들어 살아갔다
떡두꺼비 같은 아들 삼형제 두고 살아갔다
슬프지도 기쁘지도 않게
그냥

장덕곤이

남의 돈 떼어먹고
남의 논문서 집문서 빼어내고
군산 가서
선술집 여자 등쳐먹고
고래실 샘물 혼자 차지하고
한나절 내내 발가벗고 묵은 때 벗기느라
동네 아낙들 물 길러 가지 못하고
그 장덕곤이한테
에끼 이 사람
자네도 사람인가
그 말 했다고
그 말 한 수진이네 외양간에 불지르고
일주일 뒤
순사한테 잡혀갔는데
어찌어찌 간살떨고 풀려나서 돌아와
이놈의 용마을놈들 다 때려죽인다고
술 먹고 고래고래 울부짖는데
지지리 순한 사람들
용마을 사람들
작대기 하나씩 들고 가서
그 장덕곤이 엎어놓고 볼기에 고기 붙여놓았다
순한 사람들
그들이 진짜배기 무서운 사람이여

상구두쇠

조선 철종 때
한양성 밖 장단 지경에
김구두쇠가 있었것다
그가 장구두쇠네 집에
아들 시켜 장도리 빌리러 보냈것다
빈손으로 돌아왔것다
안 빌려준대요 못질하면 장도리 닳는다고
그러자 김구두쇠
에이 그놈의 영감 구두쇠로군
하는 수 없다 우리집 장도리 꺼내어오너라
안방 벽장 왼쪽 안구석에 있다
고조할아버지 때부터 내려온 장도리다
장단에서 더 가면
개성 구두쇠
거기서 더 가면 해주 구두쇠
개성 구두쇠는
오줌 팔 때 오줌에 물 타는데
해주 구두쇠는
그 오줌 살 때
손가락으로 오줌 찍어 맛보고
물 탔나 안 탔나 보고 사간다는 것이렷다
이런 구두쇠 여러 분에 의해
조선 상업이 이루어져왔나니
그 구두쇠 온데간데없어지자 시난고난 나라 기우는 것이렷다

암 그렇고말고
구두쇠도 정기여 민족정기여

관여산 복술이

개사리 쌍무덤은 씨름꾼 무덤이라
동네 씨름판 되고 남았다
그것도 한동네 아니라
미제 용둔 관여산 아이들까지
신촌 조씨네 조무래기들까지
어느날 어느 시 잡아 모이는 장 씨름판이라
숫제 무덤 잔디 따위 남은 데 없는 맨땅 씨름판이라
거기에 아이들 씨름판 벌어지면
솔개그늘 하나도 없는데
어른들도 끼어들어 핫소매 팔짱 풀고 홍 돋운다
야 이놈아 두 다리 어디다 두고 그러고만 있느냐
개사리 아이 문성환이하고
관여산 복술이하고 붙어
물젖 먹던 힘까지 내어
씩씩대는데
개사리 어른
관여산 복술이 기계충 앓는 대가리 비웃는데
아뿔싸 그때 하필
뒤넘김에 이골이 난 복술이 바짓가랑이 짜악 타져버렸다
붉은 불알 새알심이 달랑거렸다
그렇게 되자
복술이는 성환이 허리춤 움켜쥔 손 탁 놓아버렸다
온 힘 주고 있던 산꼭대기의 부끄러움이여
으하하하 하고 웃음판 된 그 씨름판에서

그 어른들 틈 빠져나가
어디론가 달아났다
부끄러움!
외로움!
발에 쥐나는 외로움!

재문이 아저씨

6·25 때 아내 잃고 반 미친 영감
이놈의 빨갱이 빨갱이
이 갈더니
두 아들도 잃고 반 미친 영감
이 갈더니
추운 겨울 지나서 봄이 와서
살구꽃 피자
좀 나아지더니
못 먹는 술도 먹더니
어찌어찌 갈치장수 여편네가 중신들어
꽃 같은 지곡리 처녀
가난뱅이 처녀
논 하나 주고 바꿔 맞아들였네
사모관대고 원삼이고 다 그만두고
어둑어둑할 무렵 맞아들였네
죽은 마누라
죽은 자식
어찌 이 새살림을 이겨내겠는가
눈 큰 새각시
동네 나올 줄 모르다가
한걸음씩 나오기 시작한 새각시
그 각시
하루 내내 보며
늙정이 영감 고자 같은 염소수염 쓰다듬으며

연방 실실 웃음 참느라 무엇 참느라
살구꽃 지고 살구잎새 날 때
동네사람 굶어도
묵은 쌀밥
더 먹어 더 먹어 애지중지하며
마누라 무덤 자식 무덤 지네 나올 때

솔잎 향기

한가위 전날 밤
열나흗날도 보름달 다 되어
뚱글어
재순네 툇마루
송편 접는데
재순이 뒷산에 올라가
달빛 먹은 솔잎 훑어다
한 바가지 물에 헹구어낼 때
그 솔잎 향기 살아 뛰놀았다
송편 찌는 솥에 깔아
내일 아침 제사에 올리기 전
그렇지 산 사람이 으뜸이지
한밤중 이슬 한번 풍년인데
송편 맛이라니
솔잎자국 송편 맛이라니
달 중천에 떠
묵은 세상 보내는 맛이라니

다릿집

다릿집 수레기댁
우리 마을 나가는 방죽다리 앞
늙은 수레기댁
어른들 담배 한대 참이면 가는 학교길인데
방죽물 비린 바람 맞고 가는 길인데
지나가는 사람한테
으레 한마디 걸어야 직성 풀리는지
야들아
학교 가서 가만히 앉아 있거라
그래야 배 안 꺼진다
밥 먹은 것 다 꺼져버리면
힘 빠져버리면
그게 어디 사람이더냐
죽은 누에지
두잠 석잠 다 자고 죽은 누에지

선제리 멋쟁이

선제리 한량 전병곤 씨는
손끝 하나 건들지 않고
쭉정이 마누라 덕에 세월을 보내는데
칠팔월에도 베등거리 따위 걸친 적 없지
꼭 갓 두루마기 떨쳐입고
다듬잇소리 금방 죽은 가는베 중의적삼 받쳐입고
허어 닥나무껍질 미투리 신고
행여 진 데 밟을세라
무자위 물길 떨어져
우리 마을길 의젓잖게 지나가지
하도 자주 다니는 사람이라
마을 어른들 낯익어
어디 또 시조 읊으러 가시나
임 보러 가시나
고자 처갓집 가시나
하고 비스듬히 말 걸어도
태연자약한 대꾸 한번
멋들어지지
허어 산천초목 웃을 줄 알고 울 줄 아는데
산천초목에 거름 주러 간다네
거름이라?
아니 오줌 말이여 똥 말이여
에끼 이 인간 같으니라구
그렇게 주고받다가 벌써 저만치 할미산 고개 넘는데

냅다 뒤쫓아가던 소나기에 다 젖어
점잖은 갓 두루마기 다 젖어
전병곤 씨 꼭 말라죽은 개구리 꼴이 되어서도
에헴 그 걸음걸이 한번 되게 늘씬 거들먹거리지
저게 왜가리나 황새 종자지 어디 사람인가 원

영감마누라

어느 마누라나 낭자에 붉은 댕기 먹인 각시 때부터
머리 가르마 하얀 시절부터
저고리 앞섶 벌 들어 있는 시절부터
그 좋은 시절부터
제 영감의 마누라 아닌 적 없건만
사랑 사랑 내 사랑 아닌 적 없건만
중뜸 앞산자락 오막살이
영감마누라는
죽은 영감을 산 영감으로 쳐버려서
동네 아낙들이
영감마누라라 불러온 터
영감 묻은 뒤 십년
그놈의 영감 정 떼어버릴 줄 모르고
그저 갓밝이로부터
한밤중 일 끝에까지
집 뒤 무덤에 가
영감 영감 나 다녀왔어라오
필난이네 잿정지 밭 매어주고 왔어라오
영감 나 다녀왔어라오
또 어느날에는
영감 나 폭폭해 못살겠어라오
동네사람 끕끕수깨나 받아 못살겠어라오
외딴집 메주짝이라고 박대하니 못살겠어라오
원통한 일 있을 때마다

무덤에 가
무덤 흙 낯바닥에 발라가며
아이고 영감
우리 영감 나 못살겠어라오
하고 울고 나면
어느새 속 한번 커지고 시원섭섭해진다
집에 가
혼자 먹는 부뚜막 물맛 밥맛도 새삼 다디달다
가근방 동네 궂은일깨나 맡아 살아가던 영감
유진택이 영감
나이 들어 얻은 마누라와 금실이 좋아서
방에 불 잘 들이고
잘 사는가 했더니
지게 대신 칠성판 지고 가버린 뒤
저승 가서도
이 세상 마누라 덕에 사는 터
보아라
그 영감 신던 고무신 다 삭은 것이
이 세상 토방머리 아직 남아 있구나
거기에 달빛 괴어 남아 있구나
큼 큼 큼
생전의 건기침소리 남아 있구나

죽은 나무

여름에 안 나온 풀 있나 잎새 있나
다 나와서
이 세상 꾸며
없는 힘 내어 푸르른데
그중에는
일찍 세상을 그만둬버리고
죽은 나무 있다
온 누리 녹음 가운데
죽은 나무 있다
상렬이 아버지
풍기 있어
말 잘 안 듣는 몸이라고 그냥 놀리지 않고
그 몸 끌고 다니며
죽은 나무 낫으로 솎아낸다
죽은 나무가 산 나무보다 베기 어려운데
그런 나무 하나 없애면
그 일대가 온통 살아난다
죽은 나무 하나가
산 나무 무색하게 만들더니
이 세상 껄쩍지근하더니
병든 사람 하나로
한 집안
한 마을 수심 차더니
그 사람 상여 태워 보낸 뒤

산 사람들 새로 태어난다
상렬이 아버지
남에게 칼 가는 숫돌 한번 안 빌려주던 영감도
이런 날은 마음이 열려
야 우리 논에 고기 많다 잡아다 지져먹어라
부디 나락포기는 절딴내지 말고

김백선

을미 참변에 이 땅의 노여움 치솟아
위정척사 패거리
양반 패거리 들고일어서는데
천하 상놈도 여기저기 들고일어서는데
두메산골 지평땅에서
의병 5백 거느리고
제천땅 유인석 휘하에 들어간 사람
그 사람 용맹 떨치니
선봉장이 되었다
상놈 김백선이
빛나는 선봉장이 되었다
충주싸움 가흥싸움 가는 데마다
왜병을 무찌르니
그 기상에 왜병은 물론 관군도 물러섰다
그러다가 제천 독송정 본진에 달려가
머뭇거리는 의병장 유인석에게
왜 한양 진격을 감행하지 않느냐고
꾸짖으며
칼 빼들었다가
감히 양반에게
상전에게 거역하였다 하여
의병 군율 총살형으로 총 맞아 죽었다
1896년
이때부터 양반 의병과

백성 의병이 갈라지기 시작하였다
백성의 반봉건과
양반의 위정척사가 으스름달밤 맞서기 시작하였다

실로 역사의 벼랑인지고
앗흐! 찬바람 치솟아오르는 진새벽 천 길 벼랑인지고

새터 한서울댁

벌써 며칠째
날 끄물끄물 체한 듯한데
봐라
미제 방죽 바람냄새 유난떤다
그 넓은 물 물빛 천근만근 나간다
안 그러고 배기겠나
비 오겠다
내일은 따가운 고추볕에 바짝 말린 고추 쉰 근
제 빛깔 숨겨 들여놓아야 한다
새터 한서울댁
젓가락 비녀 꽂은 한서울댁
날씨 점 하나 영검 있다
어디 그뿐인가
시아버지 식전 기침소리 듣고
세상 뜨는 날 뜨는 시도
딱 맞혀
맞춰 둔 품앗이도 떠넘겨주고
삼베 통깨나 미리 떠다 굴건 짓고
상복 지을 채비 하고
바깥양반더러 굵은 새끼 열두 발 들이게 했다
그러나 동네 물건 잃은 데
도둑 점은 죽어도 안 치지 안 치고말고
고양이 쩌
그놈의 도둑 점 안 치고말고

살림살이 가구짱내고
계룡산 가고 내장산 들어가
십년 수도 나무아미타불 그런 것보다
농사꾼 부엌데기 눈썰미 한번 뛰어났다
내소사 진묵대사님 안 그러우?

돼지오줌깨

해마다 두벌 김맨 뒤 돼지 잡는다
꽥 꽥 꽥 꽤액 하고
돼지 비명이
마을 앞산 뒷산을 울려댄다
이윽고 비계 푸짐한 돼지고기 반 근이라도
보리하고 바꿔다가
콩밭 김칫거리 뽑아다가
국 끓이면
그 왕기름 둥둥 뜬 국물에
첫째 아이들 코가 펑 뚫린다
어른의 목젖도 요분질친다
그런데 마을 형편이 돼지 잡을 형편이 아니면
그해 여름은 그냥 빈 하늘로 보내고 만다
그러다가 부잣집 돼지라도 혹 병들어 죽으면
죽은 고기 싸니
너도나도 가난뱅이
죽은 돼지 한 마리에 허천난다
이미 상한 고기라
고기 한점 먹어보면 어쩐지 수상쩍다
그러나 어디 그것으로 배탈나는 놈 없다
병나 죽은 놈 없다
백성들 뱃속 하나 염치코치 없어야 한다
있는 사람이야 죽은 고기 퉤! 퉤! 하지만
없는 사람이야

이때가 소복 때라
성님 성님 말소리도 기운차고
아이들에게는 돼지오줌깨 생겨나서
그놈에 바람 넣고
발길로 차니
발길로 차려무나
저쪽에서 되받아 찬다
아이들 방앗간 뒤엄 마당에 가서
돼지오줌깨 축구로 꽃 핀다 열매 맺는다
이럴 때 꼭 심부름 시키는 고약한 에미 있다
쇠정지 병모 어머니
병모야 지랄 그만 하고
어서 잿정지 효조지 영감네 집 갔다 오너라
가서 그저께 일한 품삯 받아오거라
안 주면
그 집 중병아리라도 잡아오거라

병만이 할아버지

어디 미제부락 이발소 갈 팔자 되나
머리터럭은 아들이 가위질로 깎아서 물결지고
턱수염도 며느리 손거울 갖다가 보며
가위로 베어낸다
그러고 나서 집 이발한 늙은 얼굴
거울에 담아 바라본다
벽의 거푸집 빈대 끼어 있듯이
그동안 이 세상 천촌만락 한 군데 끼여
잘도 살았다
흙에 코 박고 살았다
십릿길도 밖으로 나가는 일 큰일이어서
그냥 마을에서만
입안에서만
딴 세상 넘보지도 않고 살았다
그러다가 첫가을 문 열려
하늘에도 땅에도
먼 데 있다
어디 가고 싶다
어디 가고 싶다
백리는 못 가더라도
백리 새끼 십리라도 오리라도
할미산 너머라도
수수몽댕이 무겁고
거치렁이 벼이삭 무거운데

다 놓아두고
쨍그랑 깨어질 듯한 하늘 아래
어디로 가고 싶다

아무래도 병만이 할아버지 세상 뜰 생각인가 어쩐가 원

고구려 보덕

고구려 용강고을 태어나
자라나
저잣길 꺾고
대보산 깎아지른 벼랑밑
벼랑의 스님이 되어
젊은 보덕화상
고구려 불법 널리널리 펴기 시작하는데
그놈의 보장왕 도교에 푹 파묻혀
불법 보기를 연생이 보듯 내치기 시작하였다
에라 뜨리라
고구려 보덕 백제땅으로 내려와
백제 완산주 고대산 허리에 절 짓고
불법을 널리 펴니
그 소문에
원효가 되기 전의 서당도 어린 의상도 찾아왔다
삼국의 밝은 젊은이 모여들어
고대산 보덕굴 불 때지 않은 방도 추운 적 없었다
사람만이 아니라
삼국의 까마귀들도 모여들어
고대산 일대의 겨울은 까마귀로 가득 찼다
보덕화상 그 까마귀 불러 찬탄키를
삼계에 두루 걸리는 바 없음이여
너 정녕 까마귀로다

김구

백범 김구!
이 사람 있어
이 땅이 사람 태어나는 곳이다
남에도
북에도
우선 이 사람 있어
이 땅이 사람 죽는 곳이다
8·15 이후 돌아와 칠십 평생 그 걸음으로
윤봉길 댁 찾아가서
윤봉길 아내한테
넙죽 큰절 드리는 사람
오늘따라 그리운 곳이다
이 땅이 그리운 사람 있는 곳이다
험한 오늘과 내일

신촌 조남현

한반에서 공부하는
계집애 조부희의 오빠
큰오빠
계집애는 이쁜데
왜 그리
큰오빠란 사람은 튼 메주 같나 매달린 메주 같나
팔씨름해서 이기는 아이
너 내 동생한테 장가들어라
사람이란 것이 팔뚝 힘 있어야
물난리 헤엄치지
안 그러면
투전판에서도 따라지만 잡을 놈이지
그렇구나 한배에서 나와도
이런 오빠에
그 계집애 장아찌 맛 짠맛

개똥이 할아버지

개가죽나무 덩달아 커서
네끼!
하늘 똥구멍 찌르겠다
남의 집 키깨나 큰 나무 보면
그냥 못 지나가지
그 집 사람보고야
아무 말 안하지만
그 집 나무나 뭐나 보면
그냥 못 지나가겠는지
으레 한마디 지청구 놓고
퉤 침도 뱉어주고 간다
한데
그게 심보 나빠서가 아니라
집 안에는
집이고 나무고
사람보다 우뚝 솟아버리면
그 집 사람
세상에 주눅이 들어버린다는 것이다
그것도 그럴 것이
미제 한길가
진동렬네 집 큰 나무 때문인지
어찌 진동렬이 시원찮다
모여서 회의할 때도
그냥 고개 꾸벅꾸벅 졸아버린다

누가 소리만 좀 내질러도 기가 죽어버린다
갖다붙인 얘기로되!

좋은 날

우리 날씨 하나 천하 일등 내지 이등이렷다
맑은 날
물 깨어져 소리나는 날
이런 날에는
일도 손에 철떡 달라붙는다
척척 잘되는 일에
한나절 가고
또 한나절 가니
이 좋은 날 사는 복 일복이렷다
수동이 할머니하고
수동이 어머니하고
20년 고부 사이 신물나게 안 좋더니
요새 함께 늙어
언니 동생보다 더 정내미 들어
고구마 캐는 날
물고구마 밤고구마 캐는 날
시어머니 며느리 함께 나가
고구마 삼태기 뼈빠지게 나르더니
쉴 참
생고구마 하나 깎아
이것 잡수어보셔라우
아나 너나 먹어라
나 입속에 손님 왔는지
몿 안 땡기는구나

날 꽉 저물었는데
아직 고구마넌출 모아야지
등줄기 땀 식어 으스스 추운 저녁
거기에
어디 시어머니 있고 며느리 있나

앵두꽃

새터 오목이네 집
초가삼간인데
얌전하디얌전한 집
쌀 보리 밀 콩 팥 옥수수 수수 차조 귀리
무엇 하나 없는 것 없다
다섯 곡식 일곱 곡식 없는 것 없다
우리 동네 알뜰한 집
오목이 어머니
그 아금발이 살림솜씨
늘 낭자 곱고
앞치마 푼 적 없다
키질하면
들깨알 하나 조낱 하나 까불어 나가는 법 없다
그 집에
긴 겨울 가
봄이 오면
앵두나무 두 그루
앵두꽃 피어
다 일 나가고 빈집인데
그 집 가득히 빛내주고 있다
환하게 빛내고 있다
어이쿠 원통해라
어느 복 터진 잡놈 있어
그 집으로 장가들어

오목이 어머니 빼다박은 오목이 업어갈지
업어가다가 발병 날지

밀양 백중놀이

밀양땅 본디 변한인데 가락국인데
신라에 합해지고 말았다
신라 한 고을이 되고 말았다
그동안 거슬렸던 일 한두 번이 아니다
그렇게 거역의 땅으로 내려오다가
고려 충렬왕 때
고을 원을 때려죽이고
의병을 모아
진도 삼별초에 가담한 죄
그 죄로
지밀성군사 밀양고을이 강등되어
천민 귀화부곡으로 떨어져
계림에 속하고 말았다
그뒤로도 풍파 잘 날 없이
현이 군이 되고
그 군이 다시 현이 되고
승격 강등을 되풀이하며 내려오다가
고려말 겨우 밀양부로 승격되었다
그러나 조선 태조 때
다시 그놈의 밀성고을 되었다가
밀성군으로 강등되었다
다시 도호부가 되었다가
아비를 때려죽인 자 있어 현으로 강등되었다
조선말 고종 때에 이르러서야

밀양군이 되어
그뒤 일제 군면폐합의 곡절 거쳐
오늘의 밀양군에 이르렀다
밀양 아랑 아씨
어디 그냥 있겠는가
참으로 조선팔도에서 여기만큼 고비 많은 데 없음이여
그럴 거라
그래서 그럴 거라
여기 밀양 백중놀이 춤판 뒷놀이 무리춤판
한밤중까지
횃불 덩어리 너울거리는 어둠속
이 밀양 머슴놈들 춤판
이 춤판
무서운지고
큰일날 춤판
무서운지고

고행덕이네 집

방 한칸이래야
돼지울만 하지
거기에 여섯 식구 자고
윗방 용두레만한 데
세 식구 오그라들며 자는데
언제나 시끌덤벙한 집
걸핏하면 식구끼리 욕지거리 튀어나오는 집
오사육시럴
오사육시럴
그러나 그 아홉 식구 굶으면
첫째 말이 없어진다
그 시끌덤벙한 말 다 없어진다
멍하니
초저녁 앞산에
무슨 둠벙 있다고 바라본다
말없음이여
배고파
말없음이여
이 어찌 만물 봉기하여
하늘 찢고
땅 갈라
소리칠 일 아닌가

그네

상렬이 누이 양금이 댕기 길기도 하다
물동이 물 넘칠 듯하며
용케도 넘치지 않고 잘도 가는
양금이 댕기 길기도 하다

그 시악시
첫여름 댕기그네 탈 때
하늘 차고 솟구쳐 나가
하늘 끝에
온몸 세울 때
옴마!
이만한 세상 어디 있었더뇨
동고티 기순이하고 쌍그네 탈 때
코딱지만한 집 딸 양금이가
어찌 그리 큰 시악시더뇨
말만한 시악시더뇨
바람에 옷 붙어 맨몸 우렁차구나
바람에 옷 부풀어 인조 속치마 아득하구나
봄에 나물만 먹고 자랐는데
저렇게 잉어같이 가물치같이
향단이같이
춘향이같이 눈부시구나

죽었다 깨어난 사람

갈메 판덕이 아버지는
가뭄 백답에
모 한 포기 못 심고 넘기던 여름
계미년 여름
우리 동네에 관동군 선발대 들어온 여름
자꾸 말라빠지는 병 걸려
뼈대만 앙상 남았다가
그해 못 넘기고 숨넘어갔다
마누라 곡성으로
동네가 다 알았다 괴괴했다
이어서 초상집 지붕에
죽은 사람 입던 옷 한 벌 물에 적셔 올려지고
동네사람 하나둘 초상집에 갔다
사람 죽은 데 사람 없이 이 세상 아니지
사람 죽은 데 술 없이 이 세상 아니지
날 저물어 화톳불 놓고
어디서 막병풍 얻어다
이불껍데기 벗겨 덮은 송장 가려놓고
여기저기 부고장도 돌려야 했다
한데 판덕이가
상주 판덕이가 술 먹고
술 한잔 들고 가서
제 아버지 송장한테 가서
아버지 술 한잔 잡수세요 하고 울먹울먹하는데

그 뻣뻣하게 굳은 송장 덮은 홑청이 꿈틀댔다
아니!
판덕이 온몸에 소름 쫙 퍼지며
아니! 하고 다시 보았다
송장이 꿈틀거렸다
판덕이 뭐라고 소리 냅다 지르며
마당 밤샘꾼한테 뛰어갔다
아버지가
아버지가
아버지가 움직여요
그러자 화툿불에
얼굴 익고
등짝 추운 밤샘꾼들 주저주저하다가
침 탁 뱉고
송장 누운 방으로 들어갔다
홑청 걷어내었다
아니나다를까
송장의 굳은 다리 움직이고 있다
아니 새끼손가락도 움직이고 있다
그러다가
판덕이 어머니 달려와서
여기저기 송장 만지며
아이고아이고
죽을 테면 단단히 죽고

살 테면 어서 살아나셔라오 하고
송장 격려하니
얼마나 지나갔는지
드디어 죽은 판덕이 아버지의 송장 입에서
흐으 하고
숨 내쉬는 소리 나는 듯했다
눈은 아직 못 떴으나
숨소리는 났다
새벽닭 두 홰 때
그때 눈떠
새로 태어나
이 세상의 얼굴 보았다
동네사람들 산 사람들
어쩐지 그 판덕이 아버지 보기 미안스러웠다

만
인
보

03

萬
人
譜

서문 밖

옥정골 재 넘으면
서너 가호 뜸마을 있지요
에미는 생것장수로
박대 도다리 따위 함지박에 이고
이 동네 저 동네 도는데
어린아이 호묵이란 놈
에미 대신
솔가리 한 구럭 다지고 다져 해오지요
신통하기도 하지요
신통방통하기도 하지요
제법 두메라
금낭화 족두리꽃 호젓이 피는데
어린 호묵이란 놈 콧구멍 할미 들락날락하는데
나무 한 구럭 지고 내려오는데
느닷없이 뛰어가는 놈
산토끼 한 마리에
그만 놀라 나무 구럭 기우뚱 넘어지고 말았지요
순한 것끼리도 심심풀이로다가
달아나고
넘어지고 하지요

추석날

추석날 아침 잘 먹고
그걸로 서운한지
송편 대여섯 개 싸들고
새보러 논에 갔다
괜히 워이워이
새도 추석 쇨 테면 좀 먹어야지
그래서 순철이 아저씨
흙 먹여 던져도
새들 날아갈 줄 모르는데
어느새 뻣뻐드름해진 송편 꺼내어
그렇지
송편은 살로 먹지
부잣집 만두야 속으로 먹지만
새보다가
혼자 먹는 송편에
작년에 죽은 어린 딸 생각난다
순철이 아저씨
농사지어
새한테 주고
또 서생원한테 주고
군수한테 주어야지
죽은 딸 생각에 슬픔 하나 논에 뜬다
새 뜬다
소리 잘하는 순철이 아저씨

소리 버리고
새 뜬다

윗말사람

회현 원당 윗마을에서 시집와서
손위 동서들이
윗말사람이라고 부르는
육촌 넘어
팔촌 형수님
말이 형수지 어머니 또래 다 됩니다
그 형수님
할미산 아래 개울물에 가서
여기 좀 보아요
도련님
개울물은 제 입 닫아두는 적 없어요
누가 들으나마나
해와 달 뜨나마나
흐르는 물 늘 뜨뜻미지근해서
물에 첫손 담그면
어찌 재미없지만
흐르는 물 꼭 차가워야만 하는 것은 아닌지라
우리 동네 인심하고 상종하다가
이렇게 뜨뜻미지근하게 되고 말았습니다
거기 가서 저고리 앞섶 열어 가슴도 씻고
개복숭아 따다가 씻어 가고 합니다
윗말 형수님
집에 없으면
영락없이 그 개울물에 가

환하게
환하게
저녁 부용꽃 피어 웃고 있습니다
아니 친정아버님 생각에
친정아버님 장기판 장군 부르는 소리 떠올라 웃고 있습니다
장군 받는 멍군의 관종이 아버님도 떠올라 웃고 있습니다

뒤엄

3월 추운 날
제일 먼저 논에 나오는 게 뒤엄이지요
지난해 내내
풀하고 외양간하고 짜고
서로 의좋게 이루어진 뒤엄이지요
익을 대로 익은 밥이지요
썩을 대로 썩은 뒤엄이지요 밥이지요
창식이 오촌 몽당쇠스랑에도
말 잘 들어
제 시꺼먼 썩은 속살 잘도 내놓는 뒤엄이지요
여기에
올해 첫 둑새풀 돋아나지요
이 뒤엄 앞에서 깨달음 앞에서
어린 자식들이지요
이윽고 풀도 꽃도
나뭇잎새도
모두 뒤엄 자식들이지요
창식이 오촌 쇠스랑 찍어두고
담배 한 대 말아 피우자
논 건너
개사리에 아지랑이 끼어 괜히 아득하지요
눈 아래 칼 맞은 흉터쟁이 창식이 오촌
사람하고는 말 없다가도
혼자서 구시렁대며

뒤엄하고
풀하고
건넛마을 아지랑이하고
그런 것하고는 아삼륙이라
방안퉁소보다는 들퉁소가 좀 윗질은 윗질이지요
동네 아낙들
걸쭉걸쭉한 신소리
저 들퉁소한테 어느 년 시집온다지?
<u>호호호</u>
저 말뚝 총각한테

선묘

원효에게는 요석공주 아유다가 있고
아우 의상에게는
당나라 등주땅 선묘가 있음이여
중이면 어때
사내에게 계집 있음이여

그 의형제 원효 의상 당나라 공부하러
산길 넘어가는 길
고구려 병사한테 첩자로 잡혔다가 풀려난 뒤
이번에는 물길로 건너가려고
당항성에 당도하여
하룻밤 지새는데
목마른 원효 해골바가지 물 먹고 깨친 바 있어
그냥 돌아가고
아우 의상 혼자서 배 타고 건너갔는데
당나라 등주땅 소녀 선묘네 집에 머물며
선묘의 사랑 받았는데
당나라 화엄학 8년 공부 마치고
신라로 돌아오는 배에 탔는데
그 배 풍파 만나 뒤집힐 찰나
등주 포구의 선묘가 치마 풀어
바다에 던지니
그 치마 날아가
의상이 받았는데

선묘는 몸 던져 용이 되어
동으로 동으로 가
의상이 탄 배 살려냈는데
어찌 그것뿐이랴
당나라 화엄학 의상이
화엄종찰 절을 지으려 하는데
5백 산적 절터를 내주지 않고 의상을 죽이려 하자
이번에는
선묘가 뜬 바윗장 되어
그 절터 위 공중을 떠다니므로
산적들 놀라 흩어지니
거기에 의상 절 지어
절 옆에 뜬 바윗장 내려와
화엄학 스님 쉬게 하니
그 바위에 의상의 뺨 비벼 귀기울이면
바윗장에서 나는 소리
화엄경 십무진장품
내가 밥을 먹음이여
내 몸 안의 8만 벌레 먹이기 위함이여
그 소리 뒤에 나는 소리
스님이여 세세생생 따를 이 몸이 돌이 되어
스님의 발우에 담긴 밥이 되어
끼니 끼니에
임의 밥 되어

부석사 화엄의 밥 되어

그러나 이 멋들어진 사연도 알고 보니
화엄학 부석사는 왕권의 도량인지라
그 절터 안 내주려던 산적떼는
서라벌 종노릇 도망친 백성인지라 억울한 백성인지라
저 아래 서라벌
진골 화엄학이 신라 화엄학이요
신라 화엄학이 곧 당나라 화엄학인지라
사랑의 의상이여 선묘여
대대로 산적으로만 전해오는 백성을 아시느뇨
진짜 대방광불화엄법계 바로잡을 백성임을 아시느뇨

도식이 아저씨네 집

아랫뜸 김도식 아저씨네 집은
싸릿대 문 잠그지 않고
그저 어중간하게 제쳐두기만 하지요
일하러 나가고
아이는 학교 가고
빈집
허나 연장 아쉬운 사람
시도 때도 없이 드나들어
연장 가져다 쓰고 가져오지요
한번은 대야 지경 삼십리 처갓집에서
장인어른 왔는데
빈집이라
정갈하게 훔쳐둔 처마 아래 평상에 누워
하늘하고 놀다가 그만 잠들었지요
갓 벗어두고 드렁드렁 코 고는 소리 났지요
동네사람 그 집에 갔다가 깜짝 놀라서
도식이네 집에
죽은 도식이 아버지 살아 돌아왔어
이 눈으로
두 눈으로 똑똑히 보았어
죽은 도식이 아버지여 도식이 아버지여
하기야 장인어른도 아버지는 아버지여

잿정지 호박밭

처서 무렵
늦호박꽃 뒤덮인 밭
비탈 일구어
척박한 비탈에는
호박이 제격이지
호박꽃뿐 아니라
호박깨나 열려 있는데
미운 맏며느리 뒤통수로 열렸는데
그 가운데
애호박도 눈에 번쩍하는데
애호박 따는 큰애기 덕순이 홑적삼에 땀 들어간다
여름 다 갔구나
그 큰 여름 다 갔구나
중매 들어올 때마다
어느 귀신이 어깃장 놓는지
혼사마다 틀어지고 마는 덕순이
암 올해 동지까지는
호박떡 호박죽 호박고지 먹고
내년 춘삼월에는 시집가야지
어릴 때 떼 잘 써서
떼쟁이였던 덕순이
이제 눈에 세상 들어가
오마나 소리도 없이
눈더미 속에서 아귀 트는 겨울풀 보아도

오마나 소리도 없이
입 무거운 덕순이 시집가야지

김병천

유태 봉태 아버지
우리 동네 이사장 구장 이장 다 거치고도
이사장 양반 이장 양반이라고 부르는 어른
일본책 루쏘 『에밀』 읽은 어른
숙고사 조끼 입고
놋대야에 얼굴 들어 세수하던 어른
그 어른 배다른 삼형제 다 사상가 되었다가
6·25 때 9·28 직후
동네 치안대에 잡혀와서 갇혔는데
동네사람한테 늘 존대받고 살아오다가
청풍 김씨 헛간에 갇혔는데
그 치욕에 못 견디어
두 팔 등뒤로 묶인 채 뛰쳐나와
화톳불 활활 타는 밤중
그만 아홉 길 우물에 몸 던져버렸다
횃불 비춰
동아줄 매고 내려간 형덕이
건져내어 내던진 송장
이 세상의 누구하고도
다 끊어진 채
입 다문 송장
김병천 이사장의 송장
그 송장 가마니 덮어두고
사람들 술 취했다 고래고래 소리쳤다

송장더러
야 이놈아 병천아
네 논밭은 이제 내 것이다
네 딸년 내 차지다
네 집
네놈의 묵은 살림살이 다 내 것이다
야 병천아
어디 살아나 내 말 들어보아라
이 백번 뒈져 쌀 놈아
그러나 죽은 자가 산 자를 이기는지
고래고래 소리치다가
다 입을 봉해버렸다
새벽 한때
이 세상도 함께 죽었다

도깨비불

정월 밤 참된 밤
그 진짜배기 어둠속
멀리
상술이네 논께
창혁이네 논께
한 군데 불 서더니
옳다 됐다 줄줄이 불 옮겨붙어
불 울타리 서더니
도깨비불 서더니
네가 죽나
내가 죽나
눈 빠지게 밤새우고 나서
다음날부터 창혁이 시름시름 아프기 시작했다
도깨비한테 병 얻어 아프기 시작했다
그 병에는 약도 없이
그냥 두었다
도깨비병 열흘 앓고 일어나더니
그렇게도
들깨방정 참깨방정 다 떨던 창혁이
부쩍 어른 되어
어찌 말 한마디 나오려면 힘드는지 몰랐다
아 그러더니
창혁이 그놈이 글쎄
앞산 송재룡이 딸하고

상엿집으로 들어가
일 저질렀다지 뭐여
도깨비병 한번 잘 들어버렸어
그 어린놈이 글쎄
아따 송재룡이 도깨비 사위 두었어
그 어린놈이
그 어린놈이 글쎄

굼벵이 새끼

굼벵이야 감자밭에 많지만

우리 동네 사람굼벵이가 있어요

몸뚱어리 하나로 사는 사람들이라

먼동 트자

남새밭 붙고

방아달밭 붙고

논에 붙고

남의 논마다 붙어야 살아가는데

이런 부지런 개밥그릇에 부어버리고

뚜우뚜우

게으름뱅이 둘 있어요

새터 봉두씨하고

안뜸 길동이 아버지하고

오죽하면 제사 지내는 날

생밤조차 늦게 쳐서

끝내는 첫닭 운 뒤에야

제사 지내기 시작했어요

귀신 떠난 뒤 제사 지내어 무엇하나

입 하나는 부지런해서

제사 음식상 끌어다가

새벽참 실컷 먹었지요

이런 봉두씨 서방이라

봉두씨 마누라 하도 폭폭해서

가슴 찧고 어쩌고 하더니

그 마누라까지 타겨서
누가 뭐라고 말 걸어도
그 입에서 대꾸 한마디 나오려면
저 아래 속창아리에서 나오느라고
여간 게을러빠져야지
그런데
봉두씨 아들 용수란 놈도
제 애비에미 그대로 닮아
동네사람들 비아냥거리기를
저기 굼벵이 새끼 온다
오다니
기어온다 기어와
아이고
저게 사람 형용은 형용인데
굼벵이 천년 묵어 사람 형용인데
그 집 뒷간에는
언제나 똥 넘쳐 부글부글 술 괴어오르고
그 집에 질세라
안뜸 길동이네 집 소매통에 소매 앙금 빈 적 없어요
길동이 아버지 잠 한번 잤다 하면
장마철 사흘 나흘 구들장에 등짝 붙어 안 떨어져요
자고 나서
어허 잠 안 자는 부엉이가 불쌍하구나

외할머니 단짝

외갓집 갈 때마다
외할머니하고 함께 있었다
그 옆집 할머니는
늘 머리에 아주까리기름 곱게 바르고
옥비녀 질러
십년은 더 젊어 보이고
외할머니더러
성님 성님 하면서 함께 있었다
큰아들은 모집에 끌려가고
작은아들 집 떠나 소식 없고
그래도 집은 거미줄 하나 걸릴 데 없이
맨드라미는 제철에 붉은 벼슬 세우고 있었다
찬밥 한 그릇 솥에 넣어두었다가
가지고 와서
외할머니 밥상에서 함께 먹는다
사흘에 한 번은
마른 잔생선 찐 것도 가지고 와 함께 먹는다
그러면서 나한테도 한마디
이런 외할머니 손자니
너 좋겠구나
사람은 정작
외할머니 사랑 받아야
사람 된다
두 아들 없이도

아들 때문에 눈물바람 한번 보이지 않고
겉으로는 언제나 봄바람 불며
성님 성님 하면서 함께 있었다
추운 날은
방에서도
화로 앞에서도
머릿수건 쓰고 함께 있었다
화로에는 고구마 익는데
외풍이란 외풍 다 막혔는데

상술이 아버지

남의 집 뒤엄자리 내다버린 시래기까지
주워다가
곱다랗게 엮어서 매달아두는
상술이 아버지
상술이 장가들어
새 며느리 본 날
새 며느리 밥 먹는 것 흘끔 살펴보더니
가슴 쓸어내며
됐어
됐어
며느리 밥 적게 먹어야 곡식 덜 축나지
암 그렇지

하지만 누가 아나
족두리 쓴 새각시 밥 먹는 게
어디 밥인가요
제정신 없이 몇 숟갈 뜨는 둥 마는 둥 해보는 거지요

한 고려 군수의 풍류

고려가 망하자
고려 평해군수 김제는
배 타고
먼 섬으로 들어가
시나 짓고 갈매기나 불러
망한 세월 보내다가 죽었다
이런 것도 뜻이라 하여
조선 정조 때 단을 세워
초혼제 지내드리고
그것도 모자라
그 아우와 함께
안동 고죽서원에 제향까지 되었다
참!

반나절고개

나운리 미제 사이 독점고개
황톳길
눈 녹는 날
그 고개 넘으려면
발 푹 빠져 반나절 걸린다
그래서 반나절고개
비 온 뒤
그 고개 넘으려면
반나절도 더 걸린다
그래서 반나절고개
진흙이 사람 발 안 놓아준다
빠졌다가 자빠졌다가
천하에 둘 없는 양반 거들먹거리는 양반
나운리 김재홍 영감땡감아
독점고개 한번 넘어보아라
네가 양반인지
황토구더기 진흙인지
반나절 고개 넘어
자갈길 나서면
토탄 캐는 논 바라보며
자갈길 나서면
그때의 맛이라니
살맛이라니
걸음에 새 힘 나서 성큼성큼

발굽에 바람 나서
김재홍 영감땡감 손자손녀야
너희들일랑 제발 우자부리지 말어라
이 세상은 함께 사는 세상일 터
제발 덕분 누구네 업신여기지 말어라
땅 밟는 주제에
땅에 묻힐 주제에

나운리 가게

외삼촌이 나 자전거 태워
십릿길 갈 때
나운리 가게 앞에서
외삼촌은 물 얻어먹고
나는 눈깔사탕 사줘서 입에 넣었다
먼지 쓴 유리상자에
눈깔사탕 여남은 개 있었다
명태 한 죽도 시렁에 얹혀 있었다
가겟방 미닫이문 창호지에 유리가 박혀
방 안의 눈동자가
나를 바라보고 있었다
외삼촌의 돈 거슬러주려고
가게 주인 미닫이 확 열었을 때
거기에 주인 딸
단발머리가 앉아 있었다
서본 적 없는 앉은뱅이 앉아 있었다
볕 못 보아 초저녁달같이
하얀 얼굴로 앉아 있었다
나는 다시 자전거 뒤에 타고 가는데
그 얼굴이 끝까지 바라보고 앉아 있었다
지나가는 사람 보며
앉아서 큰애기 되어
세상을 깊이 서러워할 것도 없이
지나가는 사람 보며 앉아 있었다

천읍

구름 한점 없는 날
맑은 날
이 무슨 빗낱인가
이 무슨 빗방울 하나둘인가
호랑이 장가가는 날도 아닌데
하늘이 우는구나
하늘 아래
사람이 울지 않으니
사람과 사람 사이 울음 없으니
하늘이 우는구나
이때 처음
우리 큰할아버지께서
필수 오촌 아버지께서
대낮에 방갓 쓰고 나와
방갓 벗고
하늘 우러러
아이고 아이고 아이고
곡했다

우리나라 울음에는 하늘 우러러 우는 울음도 있느니라

장마 뒤

냇물 불어나
밭 한 자락 떨어져나가 버리더니
이번에는
논 한 배미 물에 잠겨
논 망쳤다
논 임자 고명식이
팔짱 끼고 서서
미쳐 버리지도 못하고
어쩌지도 못하고
꼼짝달싹 못하고 서 있을 뿐이다
죄 없는 사람에게
떨어진
벌!
하늘에는 아무도 없다 아무것도 없다

똘

똘에 가보아라
똘물 정답다
할머니 같다
어려운 몇 고비 넘긴
아주머니 같다
거짓말이다
멀리 가사메까지 이어진 똘에
들심부름 갔다 오다가
똘에 빠져 죽은
재남이네 계집아이
이름도 없고
부모도 없는 아이
때와 곳 주인 눈이라
어디 울 곳 있나
제대로 울어 보지도 못한 아이
똘에 가보아라
그 아이 같다
그 아이 죽인 물이
그 아이 같다

변산 대도

예로부터 부안 변산
백제 유민들
세상 등져 살던 곳이렷다
백사 청송길 올라가
내변산 외변산
대대로 독립처사 산채 가는 길이렷다
거기에
사천왕이라기도 하고
장각 비각이라기도 하는 큰 도적이 있었으니
성이 박씨라 박장각이렷다
어찌나 걸음 하나 나는지 장각이요 비각이렷다
하루 오백리 달리고도
소맷자락 바람소리 자면 섭섭하렷다
본디 남의 싸움 말리다가 싸움꾼으로
사람 죽인 뒤
늙은 어머니 업고
변산 골짜기 숨어들어
화전 일궈
사냥질해먹고 사는데
거기에 도적떼 나타난 이래
그 도적에 끼어들어
상수리나무 하나 뽑아올려
땅이 맷방석만치나 솟아오르며 뿌리째 뽑아올려
마침내 산채 두령이 되어

3백 도적 거느리고 나섰것다
소두령 거느리고
졸개 거느리고
산채 식구들 다 거느리고
말 타고 견마 잡혀
부담롱 실은 구종별배 거느리고
위엄 떨치며
대낮에 부잣집 들어가 다 털었것다
누가 보기에도
그 집에 세도대가 빈객이 왔지
어찌 도둑 일행이겠느냐
이런 행차로 산채에 물화가 풍족하니
못 먹어 도둑 된 식구들 목구멍 원 푸는데
그러다가 졸개들이
영장 토포사에 무더기로 잡혀버리니
그들을 풀 생각에
영장 나리하고 담판하여
도적질 그만두어버렸것다
변산 빈 산채
누가 또 들어가 대대로 도적질 이어가렷다

천축 성현이여
곡부 성현이여
이 세상에 도적 없는 때 언제더이까

면장 고우종

옥구면장 고우종 아저씨는
허리 꼿꼿이 세워
자전거 타고
잘도 간다
누가 절하면
어이 하고 대꾸하고
잘도 간다
보리잠자리 한 놈
그 양반 모자 위에 앉아서
함께 잘도 간다
어이 하고
누가 절하지 않아도
절받는 듯이
어이 하고 잘도 간다
호젓한 바위배기 모퉁이
찌르릉 하고
자전거 방울 울려 잘도 간다
집에서는
면장 밑 집사
집사 밑 집사 마누라 장리쌀 내며
어이가 아니라
콧방귀만 핑 뀌고
봉우리 높고
골짜기 깊은 줄 모르거니와

면장 마누라 대신
곳간 열쇠꾸러미 덜거덕거리며
뭐 장리쌀 달라고?
아나 장리쌀
자네 좀 굶어보게나
이 댁 일 일 같지 않다고
이 댁 일 맷돌 밑의 맷방석이라
고되고 고되다고 마다했다지?

옥정골 미친년

옥정골 아랫마을
고행렬이 딸
나이 차
시집가기 좋게 살 올랐는데
작년부터 슬쩍슬쩍 딴짓 보이더니
이제 영 글러버렸다
아주 미쳐
뒤란 장독대에 가
뚜껑이란 뚜껑 다 열어놓고
소나기 지나가
장 비 맞아 못 쓰게 만들어놓고
어머니 농짝 다 열어
옷이란 옷 다 내다
마당에 널어놓았다
제 아버지 고행렬이
술 먹고 와
미친 딸 마구 패어대니
제 어머니 울며불며
매 막아 맞으며 울며불며
아이고 내가 무슨 죄 지어서
전생에 무슨 죄 지어서
딸이 아니라 원수
에미가 아니라 원수 되어
차라리 죄로 가면

개 되든지
돼지가 되든지 하지
하필 주정뱅이 서방에다가
미친년 딸년에다가
친정아버지 소경에다가
무슨 심청이라고
아이고
아이고

김양규

일제시대
경성 유학 간 사람은
창홍 창희 아저씨
구촌 아저씨
전주 유학 간 사람은
면장 가운데아들 양규였지
방학 때면 그 사람 돌아와서
긴 수건 허리춤에 늘어뜨리고
동네 어른한테 인사 돌지요
지나가다
우물에 모인 동네 시악시보고
뭐라고
한마디할까 말까 하다가
그냥 가는 뒷모습 제법 쓸 만하지요
그 긴 수건 쓸 만하지요
며칠 뒤
그 사람 살무사 물려
멋으로 찬 수건으로 허벅다리 묶고
냅다 소리치니
동네 기철이 달려가 독 빨아냈지요
예로부터
수건 하나 데리고 길 나서야 하지요

옥남이 어머니

봄배추 수런수런
저희들끼리 소곤대는
가랑비 뒤 추운 저녁때
옥남아
오늘은 배추밭에 가지 마라
내일 가거라
배추밭에도
배추 노는 날 있다
옥남이 어머니
나이 먹어도
나들이 나설 때는
묵은 분 바르고 나서는데
한바퀴 휙 돌고 와야지
과연 정읍 신생관 권주가깨나 불렀던 가락인지라
치맛말 추켜올려
외씨버선 사뿐사뿐 나가는데
과연 사람이 전생은 못 속이누나 못 숨기누나
그 뒤로 나가는 밭 갈러 가는 소
이랴이랴
굼떠 뒤돌아보는 소

신라 대안

당나라에도 안 간 것이 아니다
갔다
갔다 돌아와버렸다
돌아와
소위 승통불교
대승통불교 등져
거리거리 떠돌았다
상거지로 떠돌았다
진골 성골 따위밖에 성이 없으니
다 노비인지라 성이 없으니
중생인지라 성이 없으니
그대에게도 성이 있을 리 없다
대안 대안
그대에게
자유가 계율보다 더 엄숙하구나
백성이 왕보다 엄숙하구나
억조창생이 부처보다 거룩하고 엄숙하구나
서라벌 멀쩡한 사람도
곡식 한 자루 잘못 먹었다가
고리채 노비가 되어버리는데
이런 판에
대안 대안 노래하며
춤추며
편치 못한 세상 떠돌았다

저녁때

술 때

술집에 가

계집도 껴안아 화장세계라 짖어대고

삼악도에 간다고

술집 나서서 노래하며

한밤중 혼자 개구리소리 따라

아쭈 염불도 염불 시늉도 한다

죽은 자

앓는 자 갇힌 자 위해

백제 위해

고구려 위해

어느덧 눈물 흘러내리며 염불한다

낮에는 허허 웃고

밤에는 울고

남몰래 울고

그러나 그대 혼자

부처면 뭘하노 보살이면 뭘하노

차라리 사방팔방 바람 치는 날

그 바람 한 자락에 그대 날아가거라

훨훨훨 날아가거라

그 어디로

이년아

새소리 나기 전부터
손에 일 들고 있어야 한다
한밤중 거지별 기울어서야
일 놓아도
집안일이란 빛도 끝도 없어야 한다
밭일이나
논일이야 뚝딱 끝이 있건만
한규 할아버지 소실댁네 계집아이
빛도 끝도 없다
가뜩이나 밥상 많이 차리는 집
술상 내는 집
벌써 재작년인가
여섯 번째로 들어온 계집아이
굶어 쪽 뻗는 부황철에
삼시 세때 남은 밥덩이라도 그게 어디냐
그저 이년아 하면
예 하고 뒤안에서 일하다가도
앞마당으로 뛰어오고
우물가 양잿물 빨래 헹구다가도
제 몸보다 큰 빨래 짜다가도
이년아
이년아 하면
예 하고
큰방 마나님한테 달려간다

동네 아낙이
어쩌다가
너 그 집 일년 있다가는 뼈도 못 추린다
다른 집 가서
밥 얻어먹고 살아라
골병든다
이런 소리 들어도
한 귀에서 한 귀로 빠져나가고
천근 같은 두레박줄 우물에 내리며
하마터면 두레박줄하고
함께 내려갈 뻔하였구나
이년아
이년아

산북리 아이들

산북리만 해도 십리 지경이다
민둥고개
비 많이 오는 고개
비에 떠내려가지 않고 잘 있다
그 고개
소나무 몇그루 앙상한 갈빗대 같은
그 고개
거기서
내려다보는
드넓은 불이농촌
그 너머
바다
산북리 아이들
민둥고개 흙덩이 파고 놀다가
심심하면
바다 본다
보리 뜨물 같은 바다 본다
배 한 척 없다
심심하면
다시 흙덩이 파고 논다
어린 소경 한 놈도 함께 논다

모심을 때

못자리 뜸부기 울음 떠나고
모 쪄
모심을 때
비로소 사람들 노래하네
노래 하나 농사꾼 차지로다
부자 양반
노래 한 자루 부르는 일 없이
에헴
이 세상 헛사는도다
그렇구나
우리 동네 육자배기는
도선이 아저씨 그 사람이 제일이지
목울대 떨며 나오는 육자배기
도선이 육자배기 제일이지
어느 고비
육모얼레 감은 줄
탁 풀어
보아라 하늘 속 연 떠나는구나

막내딸

흰 산싸리꽃
그 꽃 꺾어 들고
혼자 산길 내려오는
배서방 막내딸
굶으면
밤에 귀신 나와도
무섭지 않다
하나도 무섭지 않다
오늘도 아침 그냥 넘겼다
산에 와 어린 손으로
송기 벗겨 먹고
싸리꽃 꺾어 들고 내려온다
암 그래야지
누렇게 뜬 얼굴
그 얼굴
싸리꽃이라도
진달래꽃 대신
따먹으라고
어린 동생 주려고 후딱 내려온다
내려오다가
헛디디어 굴러버린다
울지 않는다
울다니
이 싸가지없는 세상 울다니

효조지 마누라

잿정지 효조지 마누라는
환갑 넘겼지만
언제 환갑잔치로
밥 한 그릇 더 먹은 적 없이
두 늙은이 앞에
핏줄 끊겨
춘삼월에도 방에 불기운 없이 썰렁하다
딱 두 늙은이
외로워서도
오순도순해야 하는데
걸핏하면
담뱃대 곰방대 대통으로
마누라 이마 깐다
뭐가 어째
칠월칠석 견우 직녀가 어째
오작교가 어째
잡상맞은 년
딱 두 늙은이인데
이렇게
늙은 마누라 박대한다
골마리 까져
늙어빠진 배꼽 내놓은 채
식전 오줌 받아먹으며
제 몸 가축은 잘도 해간다

효조지 마누라도 마누라지
맞아도
그저 가만히 맞아준다
송장 가까이 사는 삶인지라

턱점백이

앗 뜨거워라
아직 비지탕도 되기 전
좀 뜨거워지려 하는데
시금치 넣으려다 깨방정떨며 질겁하니
이제 열일곱 시악시 태깔이어요
하지만 그런 딸 보고
걱정까지는 안하거니와
반걱정으로
뜨거운 것 못 만지면 사람이 안 고인다
하기사 계집에게
사람 끓어 좋을 것 없지만
그래도 그렇지
시집가서 시집 식구 인심 못 얻으면
동네 인심 못 얻으면
시집살이 안팎으로 고달플밖에

괜찮아요 머
나 어머니하고 살다 죽을래
시집 안 갈래
그러던 옆집 턱점백이
그 말이 씨가 되어
다음해 맏배 병아리 깐 뒤
중신에미 문턱 낮춰 드나들더라

그렇게 되자
턱점백이 어머니가
시집갈 딸 턱점백이에게
이것저것 일러주고 야단이더라
시집가서
첫째 요강에 오줌 쌀 때 소리 죽여야 혀
부엌 살강 밑에서
아무도 없다고 주둥이 함부로 놀리지 말어
살강 밑에 살강영감 계시니
애기 둘 낳기 전까지는
서방님 말에 말대꾸하지 말어
아무리 원통한 일 생겨도
친정 생각 하지 말어
친정부모는 저승부모여 저승부모

갈퀴손

그야말로 갈퀴 없으면
손으로 긁어
나무 한 짐 해오는
기달이네 할머니
누가 뭐라고 해도
산주인이 뭐라고 해도
눈 딱 감고
나무 한 짐 해오는
기달이네 할머니
아니 저 늙은이가
귓구멍 막혔나
실성했나 하고
젊은 산주인 욕 퍼부어도
어디 내 구력 빼앗아봐라 하고
어디 나 죽여봐라 하고
여기 아니면
어디 가 나무할 데 있어 하고
끄떡도 안하고
나무 한 짐 해오는
기달이네 할머니
웬만한 갈퀴보다
그 갈퀴손
갈퀴 열 몫 단단히 하고
비 오는 날

잠자는 동안
그 갈퀴손도 잠잔다
비 그치자
산들바람 한 자락!

김기태

미제 재홍이 영감 둘째아드님 김기태 선생
우리 학교 앞길
껑충껑충 솟듯이 걷는 선생
해방 후
처음으로 민주주의란 말을 가르쳐준 선생
처음으로 칸트란 사람을 애기해준 선생
아직 어린 아이한테
칸트가 뭣이겠는가
관념론이 뭣이겠는가
그러나 선생의 말씀인즉
나는 아궁이에 군불 때면서
장작 활활 타들어가는 것 보면서
칸트를 생각하였네
미룡국민학교 졸업식 때는
언제나 축사를 맡아놓고 하며
서설이 내리는 날
이 삼라만상 은세계의 날
여러분은 형설의 공 쌓아
이 학교를 떠나는 것입니다
이 말을 들으며
창밖을 바라보면
함박눈이 펑펑 내리고 있었습니다
용둔 미제 원당 미룡리에서
처음으로 넥타이를 맨 김기태 선생

군산공립중학교 공민선생 철학선생 김기태 선생
어린애더러도 자네 자네 하던 선생
지주의 아드님인데
하는 일마다
되는 일 없고
안되는 일 없어서
일 저질러 논 한 배미씩 팔아야 했습니다
끝내 재홍 영감한테도
눈밖에 나서
고향 떠나 살다가
소식 끊겼다가
세상 일찌감치 떠났다 합니다
눈이 펑펑 내리는 날
껑충껑충 솟듯이 걸어서 그 선생 살아 돌아옵니다

말봉이 어머니

머리에 치맛말 끈 떼어
질끈 동여매고
끙 끙
된고뿔 앓는데도
창부타령 잘도 부르는 대신
아이고 나 죽어 나 죽어 앓는데도
퇴창문 바람구멍 막고 앓는데도
말봉이 어머니
말봉이가
쌀 섞은 밥 들여오면
언제 고뿔 들었느냐 하고
그 고뿔 밥상 밑으로 들어가버린다
밥 한 그릇 후딱 녹아버려서
뱃속에 먼 길 생긴다
창부타령 질긴 가락
멀리멀리까지 다 들리는 길 생긴다

유대치

주자학은 송학이 아니라
조선학이었습니다
사대주의 조선학이었습니다
조선왕조 오백년이
이 조선학으로 지탱하다가 망했으니
이에 몇사람은 양명학 생각도 굴뚝같았습니다
또 실사구시 일으켜
조선 유학을 개신하려는 생각도 방고래 같았습니다
혹여 서학 사학으로
또 하나의 사대주의 조선학 삼으려는 생각도 없지 않았습니다
그러다가 조선 양반의 잔광 사나운 판에서
위정척사 판에서
또 동학 판에서 아니 백성 판에서
세상을 경장하고 개화하여 써
새 세상 경륜 찾다가
고대 중세의 불교 쇄신하여
그놈으로 새 세상 지탱할 생각을 하였습니다
박제가의 제자 김정희는 이미
불교 직지인심에 드나들었고
그의 제자 오경석 또한 그러하였습니다
이들 가운데
단연 백의정승 유대치가 우뚝 솟아
붉은 가사 이동인까지
광교 약방에 드나들었습니다

이상적 이용수 이응준 김경수 강위 탁정식 등
한 시대 눈빛 넘치는 젊은이 술참 때 드나들었습니다
어찌 거기에 수려한 이마에
좋은 글 좋은 글씨의 김옥균이 빠지겠습니까
유대치는 우선 역대 사대주의 끊어야 하므로
청으로부터의 해방이 목표였고
일본 개화를 익혀 그 해방 구현하려 하였습니다
허나 그것이 왜에의 질곡인 줄 몰랐습니다
신라 이래 왜의 침노를 깜박 잊고 있었던 것입니다
임진왜란 재난도 잊고 있었던 것입니다
이윽고 김옥균 서광범 등의 개화당 쿠데타 일으켜
기껏 삼일천하 이룩하였습니다
이 반동을 보수반동이 무너뜨렸습니다
그리하여 김옥균 등이
섬으로 도망가고
그들의 스승 유대치 또한 그 자취 묘연하였습니다
유대치가 김옥균을 후계로 정한 것 잘못이었습니까
아닙니다 아닙니다
그 조선 말기 난세는
그 누구를 정하여도
그것이 제대로 될 바 아닙니다
그런 세상에서는
이미 그 세상 사람임이 재난입니다
그러기에 진피 백작약 생지황 천문동 따위 약재 대신

개화당 인재 술상에 앉히고
나라를 걱정하다가
그 자취 묘연하고 만 것입니다
어찌 그 난세에
백의정승이 유대치 한 분일 따름이겠습니까
조선 백성 2천만이 다 백의정승이었습니다
할! 유대치 썩 나오지 못할까!

턱점백이 신랑

허 그녀석 인물 한번 훤하네
신부 턱점백이 아까운데
아깝지 않네
이 한쌍 좀 좋은가
사모관대하고 원삼 족두리면 다 좋기는 좋으나
턱점백이 데려가는 신랑
그녀석 의젓하네
어디 보자
동상례 때
너 이놈 두고 보자
이렇게 벼르던 동네 총각들
정작 그날
신랑 다루다
신랑 다리 보고 질겁했네
그 다리 하나가
제 다리 아니었네
의족이었네
에잇 못 볼 것 보았네
신부 턱점백이 울고
턱점백이 어머니 울고
턱점백이 사촌언니 울고불고
그러나 시집으로 돌아가
아들 삼형제 딸 형제 낳고
잘 먹고 잘살았다네

동네 도둑

부잣집 도둑 들어야 죽 떠먹은 자리이나
가난한 집 도둑 들면
그때부터 집안이 영 용을 못 쓴다
빈 돼지우리에 대고
울어보아야 힘만 빠진다
어찌어찌해서
돼지 씨 사들여다가
매갈잇간 겨 팔아다 주고
호박 썰어
뜨물에 띄워주고 길렀건만
꿀꿀꿀 그 소리 나면
제법 흐뭇했는데
그만 도둑이 다녀갔다
도둑이 다녀간 뒤
돼지우리에 돼지 없어졌다
그런데 이 도둑이
먼 데 있지 않았다
동고티 기백이 동생 기만이란 놈이었다
하기야 동네에서
당그래 하나 없어졌다 해도
그 집에 있고
체 없어졌다
뿔괭이 없어졌다 하면
한두 달 뒤 그 집 모퉁이

굴뚝 밑둥에 있었다
살아오기를
어릴 때부터 좀도둑질이더니
커가며
그 도둑질도 함께 커가며
실바늘도둑이
가마니바늘도둑 되더니
이제 어엿하게시리 돼지도둑이 되었다
너 이놈 소도둑 되기 전에
그의 형 기백이가
아버지 무덤으로 기만이 끌고 가서
큰절 두 번 시킨 뒤
아우의 두 손 묶어
그 도둑질한 손을 작두에 넣어 잘라버렸다
동네방네 비명이 솟더니
기만이 병원에 입원시켰다
끝내 기백이네 소 팔았으니
소도둑 된 셈이다
형은 주재소에 자수해 손목 자른 죄 재판받았다
1년 8개월이던가 얼마던가

천덕꾸러기

갈메 박천봉이 영감 참 쩨쩨해
어린것들 보리개떡 한 쪼가리도
살살 돌라 빼앗아 먹는다
어디 그것뿐인가
남의 집 소매 받아놓은 소매통
남몰래 들어다가
제 밭에 주어
그 진한 거름 갑자기 만나
남새밭 다 말라죽인다
물꼬싸움에 으레
천봉이 영감이 있고
남의 일 가서
몸 아프다고 반품 하고 와서
며칠 뒤 온품 했다고 우겨 품삯 받아낸다
아니 초상집 일 치러주고
삼우제 지낸 뒤 품삯 받아낸다
쉰살이 넘었건만
아이 때 그대로
천봉아 천봉아 불러도
그런 어른들 피해
다섯살 여섯살 아이들 노는 데 가서
그 아이들 조끼주머니
구슬 들어 있는 것 꾀어내
구슬치기로 다 따서

그것 팔아 잔돈푼 번다
다른 영감은 못 먹고 못 입는 시절이라
퍽퍽 쓰러져 죽는데
그놈의 천덕꾸러기 천봉이 영감
갈수록 얼굴 불그데데
염치는커녕 똥치도 없이
저 혼자 더럽게도 단단한 몸이어서
철갈이 고뿔 한죽 안 걸리고
잘도 잘도 살아간다
그 영감뿐 아니라
그 영감 마누라도
남의 물건 꾸어다 쓰고
그대로 두면
그게 제 물건 되어버린다
아니 내가 언제
자네집 목화씨아 빌려왔단 말이여
우리 것이여
우리 것이여
우리 시어머니 때 것이여

2학년 담임선생

카네무라 선생
전주사범학교 나와
우리 학교에 부임한 카네무라 선생
국민복 입으면
몸이 옷 밖으로 튀어나올 듯한 카네무라 선생
아이들이 음악시간 풍금 들고 오면
그 풍금 치며 노래할 때는
목울대 유난히 떨려
도둑질하고 무서워 떤다고 여기게 했던 카네무라 선생
조선사람인데
조선말 한마디 쓰지 않고
빠가야로
빠가야로
하루도 빼놓지 않는 빠가야로
아이들한테 손찌검은 없어도
걸핏하면 벌주어
2학년 교실 복도에는
두 손 들고 서 있는 아이들 수두룩하다
그런데 누군가가 알려주었다
카네무라 선생의 조선 이름은 김지웅이다!
그때 우리는
하늘같이 무서웠던 카네무라 선생이
우리하고 하나도 다를 것 없는 조선사람임을 알았다
신촌 토요하라 시게오란 놈이

비 오는 날 실내 조회 첫머리에 일어서서
선생님 진짜 이름은 김지웅이지요? 하고 물었다
그는 새빨간 얼굴로
아이들 80명 다 손바닥 펴게 하여
회초리로 세 대씩 때렸다
빠가야로
빠가야로

기생 초월

아쭈 조선 사대부 상소가
언로라고
언로 탁 트였다고
왕이 상소 받아 읽으며 덜덜덜 떨었다고
아주 그게 양반놀음이지 지랄이지
어디 만백성 언로였던고
하여간 요 상소 가운데도
조선 말기에 오면
감히 처첩 기생마저
목숨 내걸고 올린 상소 있어 기특하여라
조선 헌종 때
압록강 기슭
평안도 용천골 기생 초월이
열다섯살 초월이
지아비 심희순의 벼슬을 깎아달라고 상소했다
일찍이 청나라 진하사은사 서장관으로
청나라 다녀오던
그 서장관 심희순의 눈에 들어
첩이 된 초월
기생이나 첩이나
그게 그것인 초월
그뒤로 지아비 심희순이
가선대부 승지 겸 예조참판 대사간 벼슬복 터져
그의 애첩 초월에게도 품계 따라

숙부인 직첩이 내려진 터인데
이 기쁨 거둬버리고
저의 남편은 양반 자식으로 태어나
보리와 콩을 구분치 못하는 숙맥이오니다
십년 한정으로 문 닫고 성현의 글 읽어
다시 한번 사람 되게 하여주사이다
내리신 벼슬 다 거둬주사이다
그뿐 아니라 조정의 시폐 환곡 송사 어사출또
심지어는 임금의 주색까지도
책실과 교졸의 행티까지도
추상같이 열거하여
이를 바로잡아야 한다고 아뢰고 있구나
오랜만에 혀 찰 일이다
간담 쓰다듬어
앞산 바라볼 일이다
열다섯살 초월이
대장부 하나 죽이고 살렸구나

문옥자

개사리 문옥자
이질 걸려 죽었다던 문옥자
한 달 뒤 살아서 학교 나왔다
야 너 설사 백번이나 했다지 하고
한 아이가 묻자
그냥 엉엉 울음 터뜨렸다
그 문옥자가
이번에는
제 어머니 약에 쓰려고
우리 동네 연밥 구하러 왔을 때
문옥자 아버지하고
문옥자 왔을 때
나는 할미산 꼭대기로 도망갔다
문옥자네도 가난뱅이
우리집도 가난뱅이
똑같은 가난이
서로 부끄러웠다
언젠가 내가 개사리 갔을 때
문옥자가 숨어버렸다
학교에서는 타마꼬짱이지만 히라오까 타마꼬지만
집에서는 문옥자였다
어머니 죽은 뒤 밥해먹으며 학교 다니는 문옥자였다

벽

사람이 무슨 말 들을 줄만 알았지
못 들을 줄은 몰라
쥐새끼 찍찍거려도
귀 세워 무슨 소린가 하고 듣지
간지랑나무집 옹점이 할머니
저승꽃깨나 핀 할머니
낮말은 새가 듣고
밤말은 쥐가 듣는다지만
밤낮으로 바람벽이 들었다가
바람에 다 퍼뜨린다고
바람 부는 날
바람소리가 그 소리라고
항상 벽 보고 두려워했지
제삿날밤 지방 붙이던 벽 쪽으로는
숫제 발도 뻗어본 적 없지
그러나
벽 쪽으로 발 안 뻗는 까닭인즉
따로 있지
제삿날밤 저승영감 앉았던 곳이라
그 거룩한 벽 함부로 대하지 않지 그렇지

상복이 마누라

인심 얻을 줄도 모르고
잃을 줄도 모르고
그냥 식은 숭늉 무탈한데
한식날 다음날 일하지 않고
세때 밥만 해먹고
날 저물어
하루 곱다랗게 놀았다고
고래실 무논에 내려온 추운 산 그림자 본다
두레박 물 헤프지 않고
타던 나무도
물 부어 껐다가 말려둔다
그런 아주머니인데
한번 성내면
그 소가지 아무도 가라앉히지 못한다
우물물 긷는데
남편 상복이 바람났다 오는 날
그 물 찌클어
남편 두루마기 다 적셔버렸다
아니 뭣하러 집구석에는 와요
그년하고
백년해로하다가 칵 뒈져
그년하고 한무덤 쓰지
뭣하러 와요 오기는

수진이 아버지의 풍류

수진이 아버지 어렸을 때 서당깨나 다녔는지라
밤새도록 논에 물 넣는 무자위질 하며
무자윗대에 호롱불 달고
팔자 좋은 한량이라도 되는 듯이
늦은 달 뜨자 불 꺼버리고
어허 논 가운데
천하 명승이구나
자 여기다 불효자식 여막을 짓든지
첫날밤 금침 펴든지
하여간 걸음 멈추어보자
어디 마실 만한 물도 흐를 터
혼자 장담하고
무자위 내려
막걸리 있나 없나 옹기병 흔들어보았다
없다
어허 물이 다했으니
분향이나 하세
담배 한 모금 피울 때마다
담뱃불빛에
먼 데 캄캄하구나
사람들이 말하기를
수진이 아버지 천자문만 떼어서 그렇지
이천자문 떼었더라면
군산 옥구 큰 학자 되었을 텐데

학자는 무슨 놈의 학자
백두개 주막 갈보님이나 만지작거리겠지
에끼 이 사람아

정거장

군산역 첫차 타고
떠나는 삼촌
그 삼촌 손 들어 작별하던 곳
얼마나 멋지던지
잿정지 길상이
아버지하고 돌아오며
연신 산에 대고
손 흔들었다
매놓은 소 보고
손 흔들었다
정거장 한번 다녀오면
그것이 큰 자랑이라
한 달 두 달은
그 자랑으로 살 만했다 신났다
나는 길상이가 부러웠다
붕어 잡아 풀줄기에
열 마리 꿰어가지고
집으로 가는 길상이가 부러웠다
우리집은
백년 가야
누가 정거장 갈 일 없다
떠나는 사람 없다
그것도 가난이라
그러나 길상이 그애가

미친개 물려
미친개처럼 마구 짖어댔다
나는 길상이가 무서웠다
할미산에 올라가
기적소리
기차 연기 바라보다가
정거장 생각하다가
미친 길상이 생각나자
다 그만두고 내려와버렸다
집에 와
술 취한 할아버지 보고 마음놓았다

미제 방죽

미제 방죽 연꽃 다 떠나가버리고
그냥 맨물만 남아 가득할 때
여름마다
비 온 뒤 피던 연꽃 못 보고
그냥 맨물 가득할 때
거기에 돌 하나 던져
툼벙! 물소리 난 뒤
미제 아이들
용둔리 아이들
뚝길에 모여
연꽃 와라 연꽃 와라 연꽃 와라
외쳐댔지만
1945년 이래
비 오는 날
연잎사귀로 우산 받던 날 오지 않았다
연이 오기는커녕
물속에서 마른 연줄기들이 썩어버렸다
그리고 6·25가 왔다
사람들이 서로 죽였다
우익이여 좌익이여

묵은장

새 장터보다
묵은장에 더 먹을 것 푸짐하다
그러나
빈털터리 아버지 따라간
코맹맹이 상진이
그 많은 먹을 것 그냥 지나간다
침도 못 삼키고
눈만 켜고
이 세상은 절대로
먹고 싶은 것 공짜로 먹을 수 없다
돈 없이 먹을 수 없다
어린 상진이
열두살에
진리 깨쳤다
배고팠다

관노 또쇠

하늘이 언제 백성 굽어살핀 적 있나
없다 없어
상평 옥구 현감도 벼슬이라
그 현청 방자 되어
한눈팔이 익히고
한 가지 한 가지 물정 익혔다
나이 열여섯살
관노 또쇠란 놈 차금이란 놈
송사 뒵들이로 손쎗이 거둬들이고
억지로 빼앗고
가로채고
땜장이 아낙
고리장이 여편네 건드리려고
서방들을 비럭질에 내보내기도 한다
열두 군데 우물 손질하고
군창 손질해야 한다고
곡식 걷고
만경창파 어물 걷고
새로 부임하옵신 현감 나리
묵은 사또 떠나도
이방 호방 육방관속 그대로 있어
그 아래 관노 또쇠 그대로 있어
실상 이렇소이다
모든 동헌 나리

내동헌 나리
그대 사또가 다
제 사타구니에 끼여 있는 닭모가지로소이다
조선의 미관말직이여
조선의 관노여
그대 또한 사또와 한 반열인지라
이날 입때
아전물림
구실아치물림
뭇 백성 피 빨아먹고
뭇 백성으로부터 천대받음이여

상평마을 아전 자손들
아무리 잘살아도
동네 나무꾼한테
야 아전놈의 새끼야
너 내 좆 주물러라 뻣뻣하게 주물러라

사랑재사람

오촌 종식이 마누라를 어머니는 사랑재사람이라 부른다
사랑재에서 시집와서 사랑재사람이라 부른다
사랑재사람
사랑재사람 하면
우리 동네가 사랑재마을이 된다
관여산사람 하면
우리 동네가 관여산이 된다
월하산사람 하면
우리 동네가 회현면 만경강 기슭 월하산이 된다
우리 동네는 참 많은 동네와 이루어주었다
사랑재사람 죽 끓듯 하는 변덕 모르고
앞치마 하나 없이
팍 가난해서
지붕도 이지 못한 그 집에
해마다 제비 와서
새끼 두 배나 쳐 나가니
어허 사랑재로고
사랑재로고

굶는 집

다섯 식구
옥순이 아버지
옥순이 어머니
옥순이
옥순이 동생
옥순이 둘째동생
더 낳을 힘 없어 둘째가 막내인지
배고파서
하루이틀 꼬박 굶고
물배만 채워
다섯 식구
서로 얼굴 보고 앉았다
옥순이 둘째동생
그 어린것이 겨우 두어 마디
소가 되어 짚도 풀도 먹고
고구마넌출도 먹을 수 있으면
얼마나 좋아

옹달샘

용둔마을 옹달샘 하나 없었다면
무얼로 마을 삼으랴
그 옹달샘 어두운 물에
함박눈 하염없이 내려
녹아버리는데
그 고요 고요 고요
하필 눈 맞고
물 길러 간 양술이네 쪼까니
작은 물동이 내려놓고
물 긷는 쪽박 든 채
눈송이 녹는 것 보는
고요 고요 고요

고조할아버지

고조할아버지는 사람이 아니라 귀신이다
그 고조할아버지가
증조할아버지 일찍 죽은 뒤
할아버지를 길렀다

그 고조할아버지가
어릴 적 할아버지에게 말했다
왜놈들 와서 땅 차지했을 따름이다

그래서 고조할아버지는 술만 차지했다
나중에는 공술만 차지했다
공술 떨어지자
세상 떠났다
죽어 새 세상 갔다

고조할아버지여 역사여 귀신이여 나에게 온 핏줄이여

삼년 가물

씨앗망태에 씨앗 담을 날 없고
씨앗망태 삭아버리고
용두레에 물 담을 날 없고
용두레 삭아버리고
방 윗목에 나락가마니 기대어둘 날 없으니
빈 가마니에 바람 꺼져버렸다
조상도 물만밥 떠야 하는데
물만밥 없으니 삭아버린다
제석님도
칠성님도 삭아버린다
제삿날 그냥 지나가는
옥정골 고광래네 집
마당 하나 잘 쓸어두어 적적하여라

노랑머리

백두개 작은어머니 친정어머니
백두개 사부인댁
누가 가도 제대로 알아보지도 못하고
딸이 가도
네가 누구네 부엌 문짝이냐 뒷간 울타리냐
그 백두개 사부인댁 노랑머리 덮여
사람들 수군대는데
청춘에 검은머리였는데
중년에 새치 나더니
한 해 두 해 흰머리 덮였는데
그것도 모자라서
흰머리가 노랑머리로 바뀌어 덮였는데
이제 더 살아 뭣하랴
마을 뒷산 공동묘지 있으니
마침 잘되었지 잘되었어
이렇게 되자
아들들 시집간 딸들도
어머니 어서 죽기만 기다리고 있다
아 목숨 구차하게 혼자인 목숨

자장

국통 자장께옵서
구층탑 세워 여왕의 위엄 일으키셨도다
이로써 아홉 땅이 섬기러 올지니
왕의 법회 팔관회 백고좌회 열어
신라의 위엄 더하셨도다
국통이시여
국통이시여

진한 진골의 소판 김무림의 아들로 태어나
어려서 부모 잃고
산에 들어가
오호라 고골관으로 정진하셨도다
사람 세워놓아 해골 뼈다귀로 보이셨도다
싱그런 나무 세워놓아 북풍한설 고목이 되었도다
진평왕께서 자장께 큰 벼슬을 주셨으나
이 또한 고골관으로
벼슬이 뼈다귀로 보이셨도다
백제 겸익율사와 더불어
고대의 두 계율의 꼭대기
내 하루를 계 지켜 살지언정
백년을 계 버리고 살지 않으리로다
그리하여 통도사 금강계단 차려
뭇 비구 비구니 우바이 우바새들 계를 주셨도다
선덕여왕께서

국통 자장 더 높여
대국통 대승통 자장으로 추대하셨도다
일찍이 신라 승통의 첫걸음은
웬만한 국통감 없으매
고구려 스님 혜량을 추대하여 섬겼는데
이제 신라 왕권불교 터전 이룩하여
황룡사는 왕사이며 대궐 종찰이므로
인왕호국반야바라밀경 즉 인왕경을 설하여
자장의 국통불교
왕의 불교 살쪄 기름졌도다

자장께서는 대아찬보다 위에 계시오며
왕의 선왕 역할까지도 하시오며
온 나라 중과 속인을 다스렸도다
그가 지나가실 때
백성이 고개 숙여 극진히 드높였도다
일찍이 땅으로 족하지 않으매
하늘로부터 계를 받자옵고
당나라 건너가시는 뱃길에도
승실 등
열 사람이 뒤따라서
당 태종 천자의 빈객이 되고
돌아와서도
그 몸 한번도 하계에 내려오실 때 없었도다

드높은 몸
깨끗하고 두려운 몸이신지라
더러운 백성 중생과 영영 동떨어지셨도다
뿐만 아니라
옛 신라 풍속이 미개하니
당제로 고치고
당나라 연호 쓰게 하셨도다
진평왕의 휘를 백정이라 칭하여
석가세존의 아버지 백정왕의 이름을 취하였고
석가의 어머니 마야부인도 따다가
진평왕비 마야부인으로 칭하는 판이라
신라 왕족을 아예 석가족으로 만들고
왕이 곧 부처라는 사상을 펴서
이윽고는 불교의 일체평등이
왕실의 불평등으로 바뀌었도다
게다가 자장의 계율은 만백성에게 억압으로 질곡으로 옥죄었도다
하늘에 뜬 솔개야
너 자장의 윤허 받고 뜨고 있느냐 어쩌느냐
땅의 돌멩이야 너 대국통의 은덕으로 돌멩이 되었느냐
보아라 신라 백만의 노예백성이 부처 아니고 무엇이더냐
신라 대국통 자장께서 열반에 드셔서야 뒤늦으셔서야
이런 소리 들으시와 깊이깊이 슬퍼하셨도다

진구 에미

방울같이 달랑거리는 진구 에미
남의 집 밤제사도 아직 안 지냈는데
떡 얻으러 오는 진구 에미
누가 뭐라고 한마디 쏘면
입 삐쭉거리거나
삐치거나 하다가도
그게 아냐
열 마디 스무 마디 밑도 끝도 없이 대꾸 나온다
아 파 심고
다음날
파 뽑으러 갈 사람이라고 누가 비아냥대면
홍 죽어서 명도 빌려 말하는데
산 사람이 생입 가지고 말 못할 것이여
친정 가는 길
선제리 아낙 만나
해 가는 줄 모르고
동고티 길 복판 차지하고
말살에 쇠살에 콩팥이야 하고 얘기 늘어놓는다
암 말은 보태고 떡은 떼어야지
아이고 저 지긋지긋한 주둥아리하구서는

위뜸 우열네 집

봉태네 뒷집
고우열이네 집
그 집 돼지우리는
온 조선 다 돌아보아야
그렇게 깨끗한 돼지우리 없게 깨끗하다
돼지가 아니라
이 사람 저 사람
밥 흘려도 그냥 주워 먹게 깨끗하다
귀한 조상 제사 지내게 깨끗하다
고우열이 아버지야
초승달같이 부지런하여
집 안팎 풀 자라는 데 없고
거미줄 하나 없다
게다가 우열이 어머니
부엌살림 밭살림 정갈하여
첫가을 바깥 추워
집 안에 파리 꾈 때도
파리 두어 마리밖에는
들어올 생각 못 내고 만다
그 집 수챗구멍이
어디 수채인가 산중 개울이지
다른 집은 다 검불깨나 날려도
그 집 마당에는
조 널면 조 멍석에 하늘 받는다

우열이도
우열이 여동생도
몽당빗자루 손에 잡고
식전 일 뚝딱 마친다
헌데
그 집에는 누가 보리 꾸러
쌀 꾸러 가지 않는다
뒤안 석류 익어 적막한데

상묵이네 밭

상묵이네 대접밭에 일 나온 마누라들
동네 열두 마누라들
대접밭 참깨밭 매는 날
쉴 참에
술 대신 물감자 먹고
여기서야 남의 달 시아버지 있나 뭣이 있나
자진난봉가 한 가락 뽑아라
그러다가
질펀질펀 육담에
입 찢어지게 웃어제치고
서방 흉도 보아라
정수 어머니가
석달이 어머니더러
아 자네는 저승에 서방님 보냈겠다
한번 새서방 불러들여야지
자네 집 개구멍 뚫어 불러들여야지
그러나 석달이 어머니 웃음거리 안되고말고
싫소
나야 좀생이 사내보다 큰 산 한번 사모하고 싶소
큰 바다
칠산바다 한번 사모하고 싶소
이 정색에
이제까지 농치던 마누라들
놓았던 호미 들고

밭으로 들어가
매던 데 한 줄로 기러기 시늉 내어 일한다
그렇게도 시끌벅적하던 입 다물고
일 하나 익어
어느새 저만큼 나가 있다
그 가운데 석달이 어머니도
밭 매는 손 바빠서
어디 남의 일인가
내남적없이 남의 일인가

도식이 할머니의 잔소리

천 마을 만 마을 백성에게
갖가지 성바지에게
봄 여름 가을
그 가을 수수모가지 고개 숙여 저문 길
지난여름 고생 다 보내고
한숨 내쉬며
가을 왔다
이 가을 하나
어찌 백성에게 큰 힘이 아니겠는가
봄 여름 가을이 가고
눈 오는 겨울에는
묻은 무 꺼내어
한밤중 그 무 깎아
한 점씩 나누어 먹는 이빨 시린 맛이라니
도식이 할머니 잔소리 틀어막으려면
옳지 무구덩이 무 꺼내다
그놈 통째로 깎아주면
다 먹고
무트림할 따름 잔소리가 뜸해진다
아니 자네 집 마당에만 눈이 안 내렸다지?
그게 궂은일이지 궂은일이여
작년 제사 잘못 지내서 그럴 것이네
이따위 잔소리가 뜸해진다
날 샜다 하면 입부터 여는 도식이 할머니

그 할머니 잔소리 싫으면
먹을 것 주는 게 상책이지 상책이고말고
어른뿐 아니라
숫제 네살배기 아이들도
그 할머니 잔소리라면 오줌 싸고 꾀울음 울어댄다

사행이 아저씨의 아버지

미제 방죽 그 넓은 물
오직 혼자 배 저어
주낙 놓아
잉어도 가물치도 짜가사리도 건지는데
마구 건지는 게 아니라
조금씩 건지는데
그 사람이 사행이 아저씨라
장대키에 말 없으니
누가 말하기를
저 사람은 사람이 아니라 장대라 하는데
한나절이고
하루고 물 위에 있는데
그 사행이 아저씨의 아버님
슬슬 물가에 나들이 나오셨다
상투 동곳 드러난
맨머리로 나들이 나오셨다
마침 쟁기질하고 가던 상묵이 아저씨가
소하고 사람하고 잠깐 서서
아드님 보러 나오셨는가유 하고 인사드리니
아니네
연꽃 보러 왔네
내년에 못 볼 테니 보러 왔네
그렇구나 미제 방죽가 재실 일대
연잎 자욱한데

그 연잎 사이
연꽃 활짝 피어 있네
고요하구나
연꽃도 보고
내 자식 늙은 자식 고기 건지는 것도
멀리 보고
이 세상의 기쁨 어디 한 가지뿐인가
삼재팔난만 이것저것 마구 몰려오는 것 아니라
기쁨도 두 기쁨 세 기쁨 새끼 쳐
한 사람에게 과하지
내년에 못 볼 연꽃
한평생에 과하지

진표

소위 통일신라 뛰어난 스님
과연 큰스님
화엄 의상보다 큰 스님
백제땅 진내말의 아들로 태어나
열두살에 금산사 스님이 되어
부안 내소사
영산사 머물며 깨쳐
이윽고 금산사 3층 미륵대전 세웠다
그러나 이는
백제 유민의 미륵신앙을
백제 미륵사상을
신라 관제 미륵체제로 바꾸어
백제땅 백성을 몽땅 담자는 수작이었다
거기에 뛰어난 스님
큰스님 진표를 내세웠다
진표 점찰법회란
백성의 깨달음에 술을 붓고
향 사르어
맑은 쇠를 녹여버리는 법회였다
『점찰선악업보경』이란 무엇이더냐
다 거짓된 경전 아니더냐
애석한지고
진표는 금산사뿐 아니라
금강산에도

속리산에도
미륵신앙의 터전 열어
동양 역대의 미륵 봉기를 파묻기 위하여
신라 관제 미륵체제를 눈 지그시 감고 열었다
깊은 탄식 있어야 할진저

널뛰기

새터 장군리댁
널뛰기 제일이지
그 날씬한 몸매 한 길 넘게 솟구치면
담 너머 총각들 눈에서 불똥 튀네
혀 차네
야 장군리댁 봐
처녀 때 널 잘 뛰어
아버지 술깨나 마시게 했단다
그런데 널 잘 뛰는 장군리댁하고 뛰면
못 뛰던 사람도 잘 뛰게 된다
그게 잘 뛰는 것이다
널뛰기란
함께 뛰는 것이므로
장군리댁 맞수는
으레 기창이 누나 기순이지
볼우물에 꼭 다문 입 어쩌다 열어
웃는데
댕기채 덜렁 공중에서 웃는데
담 너머 총각들 바짓가랑이 오줌 젖는다
장군리댁
솟고
떨어지고 하며
기순이더러 한마디
작년보다 잘 뛴다 기순아

너하고 뛰면 온 삭신 꼬소하구나
내 낭잣비녀 빠지겠구나

소반장수

한 해 한두 번
우리 동네 소반장수 온다
키장수는 아낙인데
소반장수는
소반 열 틀 열두 틀 지고 와야 하니
꺽정이 같은 남정네일밖에
꺼칠한 수염 남정네일밖에
소반 사소 소반 사소
소반장수와
동네 아낙과
말 주고받아야지
그렇게 각 동네 돌아다녀도
아낙네한테는 계면쩍어서
입으로 말하고
눈은 딴 데 본다
동네 아낙네
제 서방이나 동네 남정네만 익숙하다가
소반장수 보고
소반값 에누리하다가
어쩌다가
소반 살 생각은 없어지고
소반장수 가지고 놀고 있다
아니 이렇게 타관으로만 돌면
집에 둔 각시는 무엇이어라오? 무슨 재미여라오?

소반장수 서툰 대꾸 가로되
그 사람은 물에 물 탄 사람이라
괜찮여유
괜찮기는 뭣이 괜찮여라오?
외간남자하고
이 정도 말품팔이는 괜찮지 괜찮아

차천자

난세에는 천자가 많이 내려오시는도다
천자가 많아 더욱 난세로다
흠치교 강일순도 난세의 천자렷다
그 천자로부터 법통을 이어받았으나
흠치교 증산교 작파해버리고
정읍 차경석이
흠치교에서 익힌 솜씨로다가
한술 더 떠 선도교 열어
어디 봐라 동방 천자가 되었도다
선도교를 보화교로
또 그것을 보천교로 이름 바꿔
조선총독부의 민간신앙정책 타고 앉아
혹세무민의 교세를 떨쳤도다
한말 동학 이래
김제 모악산 기슭 아니면
계룡산 신도안
정읍 내장산 기슭에는
어찌 그다지도 천자가 많이 내려오셨는가
지금의 서울 조계사 대웅전이
바로 차천자 본궁 옮겨다 세운 것이렷다
난세를 더 어지럽히는 자
이른바 후천개벽의 천자이니라
이 천자로 하여
일제의 조선 민중 깨칠 줄 모르고

왜놈에 맞서 싸울 줄 모르고
그저 천지공사나 빌고 썩어갔도다
오호라
이 천자들 징치함이 옳겠도다 옳다 말겠도다

이모부 동생

신풍리 무논 건너
전봇대 서 있는 무논 건너
이모네 집 가면
유월태 듬뿍 섞은 보리밥 있다
이모네 주걱 인심 후해서
밥 실컷 먹을 수 있다
더 먹어라
더 먹어라
하는데
밥 먹던 수저 탁 질러버리고
이모부 동생 한마디
형수씨는 왜 그렇게
밥을 권하우
일본사람 밥 먹는 것도 안 보았소
이 닦으면
야 소금 아깝다
이 닦으면 오히려 이가 나빠진다는 둥
며칠이고
이 안 닦아야 이가 누렇게 좋아진다는 둥
그런 소리나 하다가
걸핏하면
남의 말에 뛰어드는 이모부 동생
아무리 중매 서야
장가길 열리지 않는 사람

하늘이 푸르러도
왜 구름 한점 없다지
하늘에 구름이 없으면
무슨 놈의 하늘이여

원수

금단이 어머니
잠들기 전 베갯머리
밤에는 미운 사람이 더 밉고
그리운 사람이 더 그리워진다
작년에 돈벌이한다고 떠난 영감
밤에는 더 그리워진다
편지 한장 없는 영감
하기야
낫 놓고 기역자 모르는데
막 방에 들어와
바로 옆에 누워 있는 듯한 영감
팔 뻗어보아야
솜 뭉친 이불껍데기뿐이다
함께 살아야
걸핏하면
손찌검에 매질에
멍들 뿐인데
그 퍼런 멍 들고 싶게
밤에는 그리워진다
엊그제 장에 갔다 오는 길
밤길
백두개고개에서
빈 광주리 이고 오다 부딪친 사람
재작년 물꼬싸움에

영감 어깨 삽으로 찍은 사람
그 사람
아니 누구여
아무리 밤중이라도
눈이 있는 법인데 하고
가버린 사람
그 사람까지 생각나서
당장 달려가
옥정골 달려가
그놈을 호미로 찍어버리고 싶었다
그리움에 포개어
미움이 있다
어둠에 미움이 가득해진다
그리운 영감!
그리고 그놈
그 원수!

밤 꼬박 새워서 영감 생각에 늦잠 들고
원수 어디로 가버렸다
그리움과 미움 다 허깨비인가

나까무라 요네 선생

미룡국민학교 1학년 담임선생
학교 숙직실 방 두 칸짜리
한 방은 늙은 부모
한 방은 외동딸이 사는데
그 분냄새 나는 외동딸 담임선생
글씨 잘 쓰는 선생
아름다운 선생
내가 학교에 들어가자마자
조선어시간 없어지고
국어시간뿐이었는데
그 아이우에오 가기구게고 국어 가르친 처녀선생
흰 살결 흰 손가락으로 풍금 잘 쳤다
가슴에 꽃 하나 꽂고
나더러
너는 왜 할아버지처럼 늙었느냐고 했다
허약한 내가
처음 배운 건 부끄러움이었다
그다음이 천황폐하였다

백광운

미친 구름 몰고
황진 몰고
눈보라 몰고
압록강 얼음판 달리던 유격대장
그 사람 백광운
을사조약 때
이강년 의병싸움에 앞장선 사람
의병 선봉장
만주땅으로 건너가
서로군정서 모험대 대장으로
닥치는 대로 왜놈과 싸웠다 죽였다 불질렀다
압록강 국경이 그의 살판이었다
그의 출몰 신출귀몰
어느 누구도 몰랐다
왜놈이 쓰러져야
그가 왔다 간 것
그는 싸울 뿐이다
오직 왜놈과 싸울 뿐이다
독립운동단체의 실권 암투에 나서지 않고
압록강 싸움에 달려갔다
서로군정서가 북만으로 퇴각하자
그는 남아서 의용군 일으켰다
평북 강계 영림창 불태웠다
성천군 주재소 쳤다

강계군 대동군에서 싸웠다
삼수 주재소 쳤다
혜산진에서 싸웠다
다시 평북 삭주군 헌병 죽였다
강계 주재소 쳤다
위원군 쳤다
창성군 쳤다
위원 벽동군 쳤다
강계군 의주 왜놈 죽였다
의주 벽동 희천 강계 쳐들어갔다
다시 함남 장진군
평북 강계 자성군 쳤다
총독 사이또오 마꼬또 국경시찰길 나타나
사이또오 마꼬또 달아났다
육군주만참의부 참의장 되었다
오동진 사령관
김동삼 재무학무위원장과
처음으로 대립되어
오동진의 부하
통의부 백병준 백세우 동족에게
암살당했다
왜놈이 아니라
동족에게 암살당했다
이미 의병은 사라지고

독립군도 흩어졌다
혁명군만이 싸우고 있었다
압록강 얼음판 기구한 백광운 대장이 사라졌다

서낭당

서낭당에 돌 던져
가는 길 무사하기를 빈다
아버지한테 배운 것도 아닌데
네살만 되면 돌 던진다
서낭당에 돌 던져
미운 사람 잘못되기를 빈다
손해 보기를 빈다
그러나 미운 사람 죽기를 빌지 않는다
여기까지가
농사꾼의 묵은 저주이다
아무리 모진 사람도
여기까지가 저주이다
그런데 일제말
배 곯을 때
눈 뒤집힌 사람들
걸핏하면 돌 하나 던져
부자 아무개 자식 죽게 해달라고
부자 아무개 애비 고종명하지 말게 해달라고
빌어 마지않았다
서낭당 돌무더기 자꾸 쌓였다
그 비는 것
박대곤이 여편네가
부잣집에 고자질해서
빈 사람 수동이 녀석

부잣집 카네오까네 바깥마당에 불려가서
그 집 머슴에게
그 집 큰아들 카네오까 타로오에게
몽둥이찜질당하였다
그뒤 수동이 녀석
한밤중 부잣집 카네오까네 집에 돌 던졌다
서낭당에 던지는 대신
던지며 비는 대신
귀신 형용으로
부잣집 안방 창호지 뚫었다
그러다가 주재소에 잡혀갔다
콩밥 먹었다
한 달 콩밥 먹고 돌아왔다
자주 울었다
개가 따라다니며 꼬리 치며 짖었다 함께 울었다

상필이 형제

아버지 세상 떠난 지 십년 되더니
의좋던 형제
상필이 상구 틈 벌어지더니
아니나다를까
위아래 논 따로 짓는지라
큰물져
물싸움 붙었다
농사꾼 물싸움이야 개싸움이지만
형제간에 팔 걷어붙인 싸움이라
동네방네 사람들 우르르 나왔다
홍식이가 뜯어말렸다
아 자네들 아버님 산소 빤히 내려다보는 데서
이 무슨 불효막심한 짓이란 말인가
그뒤로
아버지 제삿날 동짓달 초아흐렛날
각각 제집에서
제사상 차리더니
형 상필이가
상구네 제사상 따로 차린다는 말 듣고
달려가
상구네 제사상 발길로 차버렸다
이놈아 귀신이 어찌 두 집 제사 받느냐 하자
상구하고 상구 마누라하고
아버지가

싸가지 어럼 반푼어치도 없는 큰자식 버렸으니
아들이야 나밖에 누가 있어!
엎어진 제사상
치우며 상구 마누라 방성대곡이구나 쯔쯔

미쯔이 백화점

군산 3층 미쯔이백화점
아버지가 나를 데리고 들어갔다
나는 무서웠다
처음 보는 찬란한 물건들이 무서웠다
일본사람 조선사람이 무서웠다
기어이
아버지와 나는
백화점 여자에게 쫓겨났다
이 백화점에는
당신들이 살 것이 없다고
묵은장에 가라고
새 장터에 가라고
아버지는 쫓겨나와 웃었다
백화점 돌아다보고
야 오라고 해도 안 가겠다
나를 보고
저기 가 국밥 사먹자
도회지는 무서웠다
2층 창으로 일본아이가
나를 내려다보고 있다
얼굴이 하얀 아이
좋은 옷 입은 아이
나는 그애가 무서웠다
뚜우 하고

항구의 기적소리가 났다 무서웠다
내가 무서워하지 않는 건
우리 동네 풀이다 잔소나무다
우리 동네 짖을 줄 모르는 선잠 자는 개들이다

기백이 마누라

어찌 그리 싸낙배기 서방 발뒤꿈치 바짝 따라가는지
기백이 마누라
매 한번 들었다 하면 놓지 못한다
이놈의 새끼
이놈의 새끼
어서 칵 뒈져버려라
그만 제 배로 낳은 자식을
제 자식 등줄기에서 노린내가 나도록 두들겨팬다
아니 그 돈이 어떤 돈이라고
갈자리 밑에 꼭꼭 숨겨둔 것 빼다가
다 써버리고 와
아이고 이 뒈질 놈의 새끼
이제는 누가 말리지도 않는다
그저 삭은 울 넘어
복날 개 맞듯 맞는 것 바라볼 뿐
아 뭐니뭐니해도
매맞는 자의 외톨이 원통함
매맞는 자의 권세 없음이 원통함

왕산악

그가 거문고 건드리면
검은 학이 날아와 춤추었것다
고구려는 무사의 나라인데
그곳에서 거문고장이가 재상이 되었것다
양원왕 때의 재상
그 넓은 땅
거문고소리로 다스렸것다
1백여 곡 지어
나라 흥할 때 함께 흥하던 거문고소리
거꾸로 진나라에도
남녘 백제에도
바다 건너 왜땅에도
그의 거문고소리 건너갔것다
검은 학 춤추며 뒤따라 건너갔것다
북에 왕산악
남에 우륵
이들의 소리가
이 땅의 산 소리 죽은 소리 다 모셔다가 섬겼것다

개마고원 사냥꾼

세종 육진 개척 이후
개마고원 사냥꾼 털보 임판걸이 나서면
그는 한 번에 딱 한 마리만 잡아 돌아온다
그 사냥질 하도 귀신 붙어서
멧돼지들이 그 좋은 코로 냄새 맡고 도망간다
그러나 다 도망가면
또 털보 부아통 터뜨리면
마구잡이로 잡아버리니
멧돼지들 서로 의논하여
한 놈이 남아 임판걸의 사냥감이 되어준다
그러니까
결국에는 털보 임판걸이 사냥 솜씨가 아니라
멧돼지들의 수작에 의해 그럭저럭 사냥질 되어갔다
그런데 그 임판걸이
어느 사냥터에서 구르자
개마고원 멧돼지들
이때다!
이때를 기다렸다! 하고 달려와
너는 대가리를
너는 팔 하나를
너는 허벅다리 하나를
너는 몸통을
너는 임판걸이 불알을
하고 서로 나눠먹고

눈 쌓인 비탈을 각각 헤어졌다
이상!

귀녀

우리집에 가마니 치러 오는 용녀 동생 귀녀
새터 귀녀
어머니하고 짝이 되어
가마니 치러 오는 용녀 대신 오기도 했다
누가 박한 소리 해도
그 둥글넓적한 얼굴에는 내색 없다
누가 뭐라고 해도
한번 들으면
들은 것 깊이 들어가 나오지 않는다
언니 동백기름 얻어 바른 머리 곱게 땋아내린 귀녀
가마니 치고 갈 때
어머니가 말했다
용녀가 복덩어리면
저년은 떡덩어리라고
저 팡파짐한 년 누가 데려갈까
저 목단꽃 같은 년
참 내 건달한테서
저런 딸들 태어났으니
그 무슨 조홧속인지
귀녀 가는 길
아주머니 욕보셨어요 하는 말소리
맑은 물소리
나는 귀녀네 식구가 되어
귀녀네 부엌 아궁이

함께 불도 때고 싶었다
귀녀가 싸는 뒷간에 가서
나도 똥 싸고 싶었다

두문동

송도 부조현 고개 너머
칙칙한 솔밭
개풍 광덕산 밑 두문동입니다
이른바 고려 유신 72현 두문동입니다
신씨 조씨 고씨 서씨 임씨 맹씨 들의 두문동입니다
이성계 등극에 등돌려
제 자식 제 손자 대대에 이르기까지
농사 장사에
망한 족속의 삶을 걸었습니다
여기서 개성상인도 나고
여기서 개성 인삼재배도 나왔습니다
그러나 그들에게
망한 나라가 아니라
바로 그들이 망친 나라가
고려입니다
섣불리나마 칼 한자루 들어보지 않고
어허 슬프고녀 슬프고녀 하고
사라진 왕조의 쑥밭 쪽에 대고
슬픈 노래 읊조리고만 있었습니다
그들 72현은 그렇다 치고
그들의 자식 손자는 왜 두문동 처사로만 있게 하였습니까
고려 유신 72현이 아니라 72인 어리석은 사람이었습니다
그러나 거기서 장사 기술 썸뻑 익히고
인삼재배 솜씨 으뜸이 되었으매

결국은 어진 사람은 어진 사람이었습니다
보시지요 어느 나라에도
그 나라 중견 관리의 충성은 이것입니다
이것밖에는 더도 덜도 아닙니다 72현입니다

아베 교장

아베 쯔또무 교장
뚱그런 안경에 고초당초같이 매서운 사람입니다
구두 껍데기 오려낸
슬리퍼 딱딱 소리내어 복도를 걸어오면
각 교실마다 쥐 죽어버리는 사람입니다
2학년 때 수신시간에
장차 너희들 뭐가 될래 물었습니다
아이들은
대일본제국 육군대장이 되겠습니다
해군대장이 되겠습니다
야마모또 이소로꾸 각하가 되겠습니다
간호부가 되겠습니다
비행기공장 직공이 되어
비행기 만들어
미영귀축을 이기겠습니다 할 때
아베 교장 나더러 대답해보라 했습니다
나는 벌떡 일어나서
천황폐하가 되겠습니다
그 말이 떨어지자마자
청천벽력이 떨어졌습니다
너는 만세일계 천황폐하를
황공하옵게도 모독했다 네놈은 당장 퇴학이다
이 말에 나는 주저앉아버렸습니다
그러나 담임선생이 빌고

아버지가 새옷 갈아입고 가서 빌고 빌어서
간신히 퇴학은 면한 대신
몇달 동안 학교 실습지 썩은 보릿단 헤쳐
쓸 만한 보리 가려내는 벌을 받았습니다
날마다 나는 썩은 냄새 속에 갇혀 있었습니다
땡볕 아래서나 빗속에서나 나는 거기서
이 세상에서 내가 혼자임을 깨달았습니다
그 몇달 벌 마친 뒤 수신시간에
아베 교장은 이긴다 이긴다 이긴다고 말했습니다
대일본제국이 이겨
장차 너희들 반도인은 만주와 중국 가서
높고 높은 벼슬 한다고 말했습니다
B-29가 나타났습니다 그 은빛 사발비행기가 왔습니다
교장은 큰 소리로 말했습니다
저것이 귀축이다 저것이 적이라고 겁도 없이 말했습니다
그러나 아베 교장의 어깨에는 힘이 없었습니다
큰 소리가 작아지며 끝내는 혼자의 넋두리였습니다
그뒤 8·15가 왔습니다 그는 울며 떠났습니다

물개똥이

다 일 나가고 없다
어린것 혼자
처마밑에서 지렁이 건드리며 논다
그러다가
지렁이 가면
흙 파먹으며 논다 잘 논다
마을 전체가 텅 비었다
씨암탉이나 한 마리
그놈도 혼자 있고
어린것도 혼자 있다
아직 호적에도 안 올린 놈
이름도 없는 놈
물개똥 잘 싸니 물개똥아 물개똥아라 부른다
혼자 놀다가 맨땅에서 자고
그늘 벗겨져 깨고 나서
한번 울어본다
아무도 운 줄 모른다
그러나
이것이 외로움이 아니라 믿음이다
혼자 두어도 잘 자라는 믿음
혼자 놀아도
이 세상과 함께 있는 믿음
그러지 않고서야
어린것 물개똥아

그러지 않고서야
그러지 않고서야

병만이 아버지

작년 이맘때 빨간 상놈 병만이 아버지 세상 떠났다
일이라면
뺨 맞을 일이라도 마다지 않던 사람이었다
그 사람 염하는데
옷 갈아입히는데 보니
양 어깻죽지가 굳은돌 박여 있었다
평생 지게 진 덕으로
짐 진 덕으로
죽어서야 그 지게 풀어놓았으니
시원한 바람 불겠다
그가 죽자
동네사람들 애통하고 너도나도 부조했다
이마빡 바늘도 안 들어가는
재복이네도 방아 찐 보리 한 되 보내왔다
평소 양반이다
선산 김씨다
청풍 김씨다
제주 고씨다 하던 농투성이 양반타령
개타령도
이 상놈 병만이 아버지 상여 나가는 날
코 댓자나 빠져
펄럭대는 유소보장 바라볼 나위 없었다
어허 달구
눈감은 병만이 아버지

눈뜬 듯하다
어허 달구
백발 상고머리로
동네 아이더러도
도련님 어서 집으로 들어가세유
저 건너 비 몰려오느만유 하던 병만이 아버지
어허 달구

종달새

추운 3월 희뿌연한 하늘 속 아무도 없다
치솟아올라
아득한 하늘 속
거기서 제 울음소리 아슬아슬 떨어뜨리고 있다
종달새!
너도 우리 동네 식구 아니냐
겨울 난 보리밭 독야청청한데
쭈그리고 앉은 동네 할아버지들
두 눈 아직 안 감겨
그 눈으로 세상 바라본다
메마른 세상
추운 세상
종달새 울음 밑
개만도 못하게 살아온 세상 바라본다
사람보다 짐승이 더 나은 세상이던가

은석이 누이

은석이 누이 봉순이는
열여섯살 봉순이는
3년째 병들어 누워 있다가
가을걷이 바쁜 날
어느날
양잿물 퍼먹고 죽어버렸다
바빠도 그년 송장은 묻어야지
은석이 어머니 말 한마디
잘 죽었다
죽어 자식들 제사상 받으면 뭘하느냐
살아서 약 한첩 없이
병아리죽 없이
병 앓던 년 네년

늙은 혁명가 걸걸중상

고구려가 망한 뒤
당나라놈들 평양성에 안동도호부를 두었다
살수 패수의 안개 벗겨지면 되놈뿐이었다
고구려땅은 한사군 이래 다시 되놈이 차지했다
그것으로 안 놓였던지
고구려 유민 4만여호를
당나라 강회 산남 남쪽 황무지에
끌어다가 버려두었다
백제 유민 양자강 유역에 끌어다가 버려두었다
고구려는 다시 일어난다
고구려는 다시 일어난다
고구려놈의 씨를 끊어라
그러나 당나라의 동북정치 줄어들 수밖에 없었다
흉노와 서번 또한 큰 걱정이었고
나라 안의 정세 심상치 않았다
이때 고구려 유민의 장로 걸걸중상이
원한에 찬 유민을 일으켜
거란족과 내통해놓고
되땅 강회와 산남을 떠나 장정에 나섰다
옛 땅으로 돌아가며 싸웠다 싸우며 갔다
그리하여 당을 쳐 이기며
옛 땅에 닿아서 창을 세웠다
그러나 늙은 혁명가 걸걸중상은 죽고
그의 아들 대조영이 마지막 천문령싸움에서 이긴 뒤

태백산 동쪽 동모산 기슭 해란강 서고성자에
고구려 이어 발해나라 세웠다
비로소 삭풍에 원한 진 등을 식혔다
그리하여 고구려 후대의 철광 개발
큰 땅의 철기문명을 이룩하고 순정의 시를 노래하였다
북조 발해의 위업 2백년 찬란하건대
이른바 춘추필법이여
어찌 이 일을 오랑캐의 행티라 내쳤는가

이종남

아이들 울 때 어홍 호랑이 나온다 하면
호랑이가 너 울면 업어간다 하면
울음 그치지 않는데
신풍리 주재소로 잡아간다 하면
무당 만수받이로 울음 딱 그친다
어른들도 신풍리 주재소 앞 지나갈 때는
팔러 가는 달걀 석 줄이
꼭 훔쳐가는 것같이
가슴에 두근반 세근반 방망이질한다
어떤 사람은 주재소 앞 걸음아 나 살려라
달음박질치다가
어이 잠깐 하는 왜놈 순사에게 불려가 혼나기도 했다
홍식이 작은아버지
마른 솔가지 나뭇짐 팔러 가는 길 따라가다가
나도 주재소 앞에서 겁이 났다
누군가가 살피듬 찢어진 얼굴에
등 뒤로 두 손 묶여 나오고 있다
군산 본서로 넘겨져 가고 있다
그 사람 뒤에 포승줄 잡고 가는 사람이 있다
그 사람이 누군고 하니
주재소 *끄나풀*이다
바로 우리 당고모 시동생 이종남이다
그 고약한 사람
제 마누라 배 차서

아기 지워버리게 한 사람
제 아버지한테도 대들어 수염 움켜쥔 사람
한데 왜놈한테는 통 사족을 못써 엎어진다
엎어져 긴다
해방 뒤 그 사람 먼저 벌받아야 하는데
그 사람 숨었다 나와
신풍리 지서 순사 되어
경찰 정모 정복 입고
신풍리 나운리 독점고개 미룡리 자전거 타고
찌르릉찌르릉 길을 비켜라 하고 으스대었다

논두렁

두벌 김매는 날
아버지 정두네 김매는 날
점심때 되면
어머니는 그 집 밥광주리 이고 가고
나도 따라가
우선 두 식구 점심은 잘 때운다
농사꾼 밥 인심 하나 있어
굶는 집이야 모르쇠하건만
이런 들밥 인심 좋아
고봉밥 쌀 섞은 밥 한 사발 베어먹으며
찐 갈치도막 베어먹으며
돼지비곗국 마시다가 입 데며
배부르고 나서 헤픈 웃음
누가 싱건지 같은 소리만 해도
나오는 웃음
그러나
정두네 김매는 날
정두 할아버지
양산 받고 논두렁 나와
김매기 앞장선 풍장꾼 셋더러
풍장 그만 치게 하고
그 세 사람도 김매게 한다
푸짐하던 풍장소리 뚝 끊기자
잘되던 일

흥겹던 일 맥 놓아버리는데
불볕은 더 내리꽂히는데

영창대군

선조는 망해야 할 임금이었다
선조 때는 나라가 새로 서야 할 때였다
그런데 선조 왕 노릇 더럽게도 오래 하고
새끼깨나 쳐 물경 아들만 14형제였다
그 가운데
광해군 이복동생에 어린 영창대군이 있다
선조 후취 인목대비 소생
그 여덟살짜리 대군이
소북파 역모에 왕으로 추대되었다 해서
대북 이이첨패 세도에 밀려
강화도 위리안치로 유폐되었다
그 어린것이 그렇게 유폐되었다
결국 그것으로 끝난 게 아니라
방 안에 가두고
문짝에 못 박고
방 부엌짝에 밤낮으로 불 처때니
마침내 뜨거운 방바닥 마구 날뛰다가
여덟살짜리 영창대군
어마마마 어마마마 외쳐대다가
끓는 방바닥에 구워져
검은 숯덩어리 되고 말았다

허수아비

가을 논 허수아비 손님 같다
겨울 논 빈 논 허수아비 거지 같다
아니야
동네사람 하나둘 셀 때
허수아비도 세어야 해

눈먼 상식이 어머니

한여름 문 탁 열어놓아도
흙담집 뒤창구멍 뚫어놓아도
어디 하나 시원한 데 없는데
갑자기
먼 영병산 우렛소리 끓더니
한참 있다가
무슨 귀신바람인지 으스스 시원한 바람 왔다
이윽고 천지개벽의 소나기 왔다
개소문의 군사처럼
계백의 군사처럼
유신의 군사처럼
그러나 이 땅에 무슨 군사가 있겠는가
빈 장독대 덮을 것도 없다
장독대 항아리도
할머니도
손자도 실컷 소나기 맞아
말라붙은 늙은 가슴 젖어버리고
어린아이 불알도 실컷 젖었다
소나기 한동안
세상 고생 다 잊어버리고
이어서 철철철 흐르는 물 내려가는 기쁨과 함께
눈먼 상식이 어머니
손자하고
함께 아이고 시원타 시원타

두렁쇠

창우란 놈은
아기 때 이름이 두렁쇠였다
열한살인 지금도
너 이놈 두렁쇠로구나
허허 논두렁 정기 받더니
이렇게 논두렁 풀로 컸구나
하는 어른이 있다
만삭이 된 아낙이
모심기 품팔러 가서
한나절 잘 심고
점심 먹고 나서
점심 먹은 것 다 게워내더니
그길로 몸 틀어올라
아낙네 일꾼들 삥 둘러 울 치고
논두렁 마른 풀뿌리 쥐어뜯으며
흙 긁으며
쑥 빠져 응애응애 운 놈이라
논두렁에서 태어난 놈이라
논두렁쇠 두렁쇠였다
어쩐지 그 창우란 놈 논두렁 나가면
게구멍 잘 찾아내어
가을 게 살진 놈 열 마리도 잡아온다
아 한 마리만 다구 하면
그래 하고

한 마리 꺼내 주고 간다
맨발로 가시덤불도 밟고 간다
진 데도 그냥 밟고 간다

귀신

나는 열살까지 영 죽을똥말똥 했다
나는 열살 안에 늙어버렸다
한밤중 자다가 귀신이 보였다
소리질러
식은땀으로 멱 감고 있으면
아버지가 벌거숭이로 자다가
낫 찾아
새벽 벽 찍고 횃대에 걸어두었다
이놈의 귀신 또 오기만 와봐라
쳐죽이겠다
쳐죽이겠다
나는 열살 넘어서까지 귀신에 시달렸다
귀신 나온 밤은 길고 길었다
다음날 대낮도
대낮의 나무와 풀과 먼 산도
내 무서움을 다 덜어주지 못했다
그 귀신이 싹 없어진 건
내가 밥을 굶지 않을 때부터였다
하루 세 끼니 먹을 때였다
뱃속의 회 동하여 횟배 앓을 때부터였다
귀신이란 뭐냐
나는 안다
그건 굶주림이다
나는 안다

궁녀 옥야

조선 궁녀는 잠잘 때도 엎드려 앉은 채 자야 한다
이마에 두 주먹 모아 괴고
큰절 드린 채로 뒤 들어올려 자야 한다
그러다가
한평생 단 한번
마마 납시면
그대로 눈떠
두 손 이마에 조아려 일어서야 한다
이 무슨 법도인고
이 무슨 궁중법도인고
고려말 궁녀 또한 이런 신세 아닐 수 없은즉
왕에게 아들이 없자
이목구비 쓸 만한 사내 골라
궁인에게 아이 배어
그 아기 가운데
하나만 고르고
나머지는 아비 에미 아이 다 죽여버리는데
이런 판국에 딸 낳은 궁녀 옥야
어찌어찌 살아서
궐 밖으로 나가
제 서방 제 아이하고
고려 이조 사이의 평민으로 살았다
이 세상에는
이런 기구한 삶과 죽음도 있기는 있다

만에 하나
억에 하나

고모네 집 뱃노래

구암리 샛강 고모네 집
갈대밭 사이
배 저어가는 뱃노래
배하고 뱃사공은 안 보이는데
그러나 문득 머리에 수건 동여맨
젊은 뱃사공 보이는데
거기 늙은 사람 목청 잘 나온다

휘영청 달도 잘도나 밝아라
노 저어라 노 저어
너울너울 칠산바다
노 하나 저어 건너간다
반짝반짝 별도나 많구나
노 저어라 노 저어
강남길 멀고 멀어도
노 하나 저어 건너간다

고모네 집 갈대밭에서 나는 컸다
뱃노래 들으며 컸다
크면 눈물이 나오는지
그 노래 멀어져가며
나는 서러웠다
고모가 준 깻묵도 먹지 않고
노 하나 저어 건너간다

진골 노름꾼

지곡리 윗마을
외딴 진골 전병덕이란 사람
으레 중의 걷어올려서
대님 치는 법 없다
그 사람은
집집마다 검둥이라도 까막까치라도 불러다
써야 할
바쁜 철에도
절간 부처님도 업어다가
써야 할 철에도
논이나 밭에 나가본 적 없다
손가락 하나 까딱하지 않는다
아니 늘 손가락을 까딱거린다
노름꾼이라 투전 놀리는 손 굳을까 보아
늘 손가락을 까딱거리며
솜씨에 기름 친다
이런 사람일지라도
큰 노름판 밤새우고
또 밤새우고
두부집 생두부 다 동나고
또 밤새우고
그러다가 결국 잡힌 집문서 날아가고
마지막으로
제 여편네 하룻밤 데려가는 살내기 걸고도 져서

그 노름판 뒤에
제 여편네 잡아다가
이긴 놈에게 엥겨주었다
입에 칼 물고 죽으려는 것을 달래어
곰삭혀
남의 사내와
눈 가리고 하룻밤 자고 나서
행아까지 치마폭에 받아가지고 온 여편네
질질 짜며 집으로 돌아왔다
투전장 마당에 내던져버리고
등 돌리고 누워 있는 서방에게 웬수에게
자 왔어라우
어쩔티어라오? 하니
뭐가 어쩌기는 어쩌
그냥 강에 돌 던지기로 살아야지

지곡리 서당 훈장
이 소식 듣고
서당 학동들 몰고 와서
전병덕이 내외 쫓아버리고
그 집 삼간 불 놓아 재밭 되었다
3년 뒤
전병덕이 내외 돌아와서
그 재밭에 움막 치고 살기 시작했다

어쩌겠나
바람 부는데
살고 보아야지

논개

살보살에게도 주안상보살에게도 나라 있나니
나라 앞에서
나라 보살이 되었나니

의병 3천의 일 해내었나니
남강 흘러

칠성암 주지

칠성암 주지
폐일언하고 누가 죽기만 기다렸지
나운리 김재준 영감
논 만평 짓는 알부자인데
한 달가웃 아랫목 등에 지고 누워 있는데
그 영감 숨넘어가기만 기다렸지
그 영감 죽자
득달같이 달려가
염불 자청해서
나무아미타불깨나 불러댔지
지극정성으로 불러댔지
그뒤로도
나운리 미룡리 선제리까지
누가 병들었나 수소문하여
숨 꼴칵 넘어가는 날 영락없이 달려와
나무아미타불 불러댔지
일년 열두달 가야
초파일에도
칠월 백중날에도
불공 한 자루 그럴듯한 것 안 들어오니
사람 죽은 염불이라도 쫓아다녀야
칠성암 법당 부처님 밥 먹이지
그런데
칠성암 주지 조봉구 스님

한번 마음에 봄바람 들면
보릿고개 못 넘기는 사람
보리가마니깨나 넙죽 내어주지
두말없이 내어주지
오거리 술집 주모 병났을 때는
구암병원 입원비 다 물어주고
참 내 오거리 술깨나 먹은 죄
어쩌다가 그년 살보시깨나 받은 죄
이번에 절반은 갚은 셈이지 낄낄낄낄

아이들 싸움

관전이 동생하고
기웅이 동생하고
담 너머 이웃집 아이들끼리
쌍개구리로 놀다가
그만 수틀려 마구 때리고 맞고 하였다
코피깨나 범벅이 되고
입술깨나 눈두덩깨나 부어터졌다
기웅이 어머니가 먼저
제 자식 맞는 것 보더니
고래고래 달려와
관전이 동생한테 욕 퍼붓고
관전이 어머니는 어머니대로
기웅이 어머니한테 삿대질하며
아이 싸움이 어른 싸움이 되는 판인데
그거야 졸 싸움 하다 차포 싸움은 당연한데
논에 갔다 온
관전이 아버지하고
기웅이 아버지하고 만나
서로 대추나무 아래서 의논하더니
관전이 동생 관철이란 놈
기웅이 동생 기중이란 놈
이 두 놈 끌고 가서
미제 방죽 재실 빈집에 집어넣고 돌아와버렸다
하룻밤 지난 뒤

아침에 가 보니
그놈들 둘이 얼싸안고
밤새도록 귀신 나올까
도깨비 올까
무서움에 떨며 얼싸안고 울다가
서로 엉켜
삭은 검불 위 쓰러져 곯아떨어져 있었다
됐다! 이놈들 다시는 안 싸울 터!

백결선생

서라벌 낭산 밑
백여 군데 누더기 기운 옷 입으니
그래도 집 있고 마누라 있어
백결걸인이라 하기보다
백결선생이라 부르는 게 맞기는 맞다
그 사람 통 재물 못 만지고
고구려 거문고 하나 만지는 재주 있어
거기에 몇가지 희로애락 실어 보냈다
섣달 그믐
떡쌀도 없는 아내 달래어
이웃집 떡방아소리에
떡방아소리 곡 지어 타니
덩더꿍 덩더꿍 지어 타니
그 노래
서라벌 진골 성골의 귀는 못 들어도
서라벌 밖 천리 백성
고달픈 백성
잠든 밤
그믐밤 꿈속에서
날 새도록 들어야 했다
그러길래
새해 아침 사람들 귀
부처 귀로 커졌다
삼천대천세계 온갖 소리 다 들었다

개똥벌레

여름날 개똥벌레
너는 쏜살같이 달려가 죽는 수놈이거라
너는 그 수놈 받아 새끼 치는 암놈이거라
순태하고
중뜸 재환이 딸하고
개똥벌레 잡아
호박꽃 초롱에 담아
그 멍든 불빛 비추며
서방각시놀이하였지
밤 소꿉놀이하였지
세월이 흘러
재환이 딸은 군산 문방구집으로 시집가고
순태는 늙다리 총각으로
술 먹고 사람 패어 형무소 갔다
어린 시절 다 가버리고
한 사람은 아무개 마누라 되어
새끼 서넛 퍼질러 낳고
한 사람은 용수 쓰고 재판 받아 붉은 옷 입었지
그런데 형무소 한방에
한 떠꺼머리 사내가 들어왔지
알고 보니 명치정 문방구 옆집 사내였지
얘기 얘기 하다가
문방구집 마누라 얘기가 나왔지
그 집 사내

새끼 넷 낳고도
술집 계집 붙어
거기서 새끼 낳고
술 취하면 본마누라 엎어치고 메어치기 일쑤라고
순태의 눈에 눈물이 그렁
어디 봐라 내가 나가던 머리로
네놈 좆 뽑고 불알 발라버릴 테다
그러나 감옥살이 일년 넘으면
굳은 결심 다 풀려버리지
소쩍새 울다 떠나버리지

한냥고개

화성 십리 밖에 지지대가 있것다
정조가 그의 아버지 사도세자 무덤 다녀가다가
돌아다보고
돌아다보고 하는 곳이어서
신하들이 일부러 어가 행렬을 늦췄것다
그런데 이 고개가
임금고개 지지대고개 되기 전에는
한냥고개 도적고개였것다
과객이 고개 넘을 때마다
어디서 말소리 들리는데
그 소리인즉
한 냥만 내고 가거라
더도 말고
한 냥만 내고 가거라
그냥은 못 넘어간다
어떤 사람은 갖은 꾀 다 내어
순 공짜로 다섯번째 넘는 판인데
이 거사야
다섯 번이나 공짜배기로 넘어가느냐
한 냥만 내고 가거라
화성고을 백성들 일컫기를
한냥고개 도적은 도적이 아니라
미륵당 미륵불이라 하였것다
때는 중종 조광조파가 무너지고

남곤이 권세 잡았으니
호조 창고에 곡식이 없어도
남정승 창고에는 쌀이 썩어나는 판이렷다
팔도 재물이 다 들어와 썩어나는 판이렷다
바로 이때
한냥고개 한냥도적 뜻한 바 있어
이 고개 작파해버리고
관악산 도적 백명을 거느려
남정승 집 탈탈탈 털어버렸것다
두목 배서방이 바로 한냥고개 도둑이렷다
그뒤로 도둑고개가
지지대 임금고개 되었것다
그뒤로 임금고개가
아리 아리 아리랑고개 되어
뭇 백성 넘었것다
넘어 간도땅으로 숟가락 몽댕이만 가지고 갔것다

옥정골 오리나무

일제말
할미산에 토치카 파고
관동군 부대 와 있었는데
일본군 늙은 병정
옥정골 오리나무에 목매어 죽었다
고향 구주지방이
B-29한테 쑥대밭 되고
부모처자 다 죽었다는 소식 들은 뒤
우리 동네 이사장네 집에 와
술 달라 해서 마시고
그길로 부대에 돌아가다가
오리나무에 목매달았다
부대장이 일본도 빼어들고
그 오리나무 쳐버렸다
해방 뒤 친일파로 몰린 옥정골 고준식이
왜놈 죽게 한 오리나무가
바로 우리 산의 오리나무란 말이오
하고 동네 청년들 학도대들에게
친일파 악질 고준식이 잡혀와 부르짖었다
청년들 몽둥이 놓고 와아 웃었다
좋다 너 오리나무 덕으로 매는 안 때리마
그 대신
그 오리나무 산 몰수한다!

신촌 예배당

신촌 앞산 예배당은
기역자로 되어
저쪽은 여자
이쪽은 남자
기역자 모서리에 목사님 섰다
목사님이 마음이 가난한 자는 복이 있나니
하면 저쪽에서는 우는 소리 나는데
이쪽은 싱겁다
목사님이 기도하면
저쪽에서는 아멘 하는데
이쪽은 가만히 있다
그뒤 목사님 떠나버리고
신촌 조달연 씨가 장로로 예배 보았다
조는 사람이 많았다
일하는 사람들이라
앉아 있으면 잠이 왔다
장로 조달연 씨가 목사보다 좋았다
꾸벅꾸벅 조는 사람 깨지 않게
설교도 기도도
큰 소리 내지 않고 마쳐주었다
꿩 대신 닭이 좋았다
다 해진 성경책이라
다른 사람의 것 빌려다 보는
조장로님이 좋았다

아이들도 좋아했으나
동네 개들도 좋아해 꼬리 내둘렀다
눈 펄펄 내리는 날
주일날
내앵내앵 종소리 나면
동네 아이들하고 개하고 함께 뛰어갔다
앞산 예배당
떡 주는 예배당
기역자 예배당
조는 예배당
아이고 좋아 아이고 좋아

소금장수 김두원

원산포 소금장수 김두원이
동해 장기땅 모포 김쌍둥이네 집에
소금 1천88섬 쌓아두고 있었다
왜놈 둘이 배 타고 왔다가
그 소금더미 보고 침을 꿀꺽 삼켰다
김두원에게
울릉도로 싣고 가 내자 했다
소금값 배를 받을 수 있다 했다
왜놈 배에 소금 싣고
바다 건넜다
울릉도 도동 하룻밤 자고 나니
소금 실은 배 사라져버렸다
그 이래로 대한제국 정부와
일본 공사관에
소금값 배상금 5천1백91원을 청구했다
일본 본국 정부에도 청구했다
때로는 구속되고
때로는 귀양살이
때로는 추방당하며
산비탈 개울가에 자며
그의 가족 넷이 굶어죽을 지경
나머지는 흩어져 거지가 되었다
그 소금은
본디 원산객주 여러 사람 자금이었다

그것을 찾아야 했다
쉰살의 소금장수
일흔살 넘도록
20년 이상을 청구운동 벌였다
그러다가
일흔한살에 조선총독부에 굽히고 말았다
어디 염전이나 하게 해달라고
제물포나
진남포나 군산 소금전매권이나 달라고

사람들이여 소금장수 김두원의 최후를 욕하지 말라
장사꾼이 20년 고생 감당한 것은
소위 선비의 일생 이상이므로
그 이상이므로
그 이상이므로

태성옥

광주학생 만세시위가
함경도까지 퍼져
기미만세 이래
6·10만세 이래
또 한번 만세소리 퍼져
열두살짜리 소학교 생도 태성옥이
마당에 나가
대한독립 만세
대한독립 만세
조선독립 만세 외치고 퇴학맞았다

열한살짜리까지 일어선 땅이 이 땅이다

『만인보』를 읽으며

백낙청

고은 시인이 연작시 『만인보』의 기획을 계간 『세계의문학』을 통해 처음 공개했을 때 나는 다소 어리벙벙한 느낌이 들었던 게 사실이다. '저자의 말'부터 먼저 읽었는데, 문자 그대로 1만명에 관한 1만편을 쓰려고 하다가 한껏 줄여서 3천여편만 쓰기로 했다는 것이었다. 그러나 이미 『조국의 별』에 이어 『전원시편』과 『백두산』의 서두와 그밖의 수많은 시들이 쏟아져나오는 광경에 몇번 놀라고 난 뒤라, 전혀 못 믿는 마음은 아니었다. 정작 첫회분 51편을 읽은 것은 한참 뒤였는데, 과연! 앞으로 어찌 될갑세 이만한 시가 쉰한 편이면 어쨌든 멋진 출발이다 싶었다. 다음 호에는 예순 편이 실렸다. 읽어보니 역시 과연이었다. 그런데 시인의 넘치는 생산력은 그 정도의 대량 연재도 성에 차지 않은 듯, 아예 전작 간행으로 방침을 바꾸어 여기 3백여편을 묶어내게 되었다. 시작이 반이라는 셈법을 젖혀두고도 어느덧 먼 길의 십분의 일을 넘어선 것이다.

그러나 후세의 독자들에게는 『만인보』가 얼마나 단기간에 씌어졌는지는 문학사의 뒷이야기쯤밖에 안될 것이다. 아니, 우리들 자신에게도 정말 중요한 것은 씌어져나온 작품들 자체이다. "우선 내 어린 시절의 기초환경으로부터 나아간다"고 한 작자의 말대로, 이번 세 권은 주로 어릴 때

알던 고향사람들을 노래하고 있다. 시인 스스로 '황토의 아들'이라 이름 지어 어린 시절을 회상한 책을 내기도 했지만,『만인보』1~3권에서 노래하는 인물들이야말로 황토의 아들이요 딸이며 대개는 벌써 흙으로 돌아간 사람들이기도 하다. 이 시들을 제대로 논하려면 마땅히 따로 자리를 마련해야 할 것이요, 앞으로 속편이 한참 더 나오기까지는 확실한 평가가 어려울지도 모른다. 그러나 지금 나로서 독자들과 함께 나누고 싶은 당장의 뿌듯한 감회는, 어떠한 가난이나 고난 속에서도 끊길 줄 모르고 이어져온 이 땅 위 삶의 기쁨과 보람이다. 또한 이 기쁨과 보람을 담은 시인의 말, 겨레의 말에 대한 자랑스러움이며, 작자 자신도 이야기한 바 그 말 앞에서 삼가는 마음이다.

이 땅에 대대로 살아온 사람들의 넉넉한 심성을 간직하고 민족어의 원형을 지키는 작품이 전에도 물론 없지 않았다. 박재삼의 시에서 우리를 끄는 것도 그런 것이며, 신경림은 그보다 눈물을 아끼고 매서움을 더하여 70년대초에 이미 밀도 높은 서사성의 노래들을 써낸 바 있다. 하지만『만인보』의 서사적 풍요는 차라리 소설문학의 성취를 떠올린다. 그런데 이문구의『관촌수필』과 견주더라도『만인보』의 삶이 훨씬 든든히 황토에 뿌리박고 있으며 읽기에도 한결 수나로운 느낌이다. 아니, 고은 자신의『전원시편』에 비해서도 "첫가을 백리가 트인다"는 그의 시구대로 무언가 툭 트였다. 더러 장황하던 대목이 크게 가셨고 농사꾼의 일하는 기쁨을 자기 것으로 삼으려는 어떤 착심 같은 것도 자취를 감추었다.

『만인보』의 고향사람들 이야기 사이사이에는 고구려와 백제, 신라 또는 조선조나 현대사에서 기억된 인물들에 관한 시가 끼어들어 전체 작품에 변화를 주면서 독자의 역사의식을 돕기도 한다. 그러나 '황토의 사람들'이라 일컬어 마땅한 촌사람들도 결코 역사와 무관하게 산 인간상으로 부각되지 않는다. 그들이 당시의 우리의 역사였을뿐더러 어떤 면에서 아직도 우리의 역사임을 실감케 해주는 것이『만인보』의 역사의식이자 시적 성취인 것이다. 이와 관련해서는 저자가 그의 자전적 산문『황토의 아들』을 놓고 독자들과 대화하는 자리에서 했던 말보다 더 적절한 설명이 없다. "좀전에 황토는 관념이고 아스팔트는 현실이라고 했죠? 그러나 우리는 아스팔트가 관념일지도 몰라요. 아스팔트를 두 삽만 캐어보면 거기에는 황토가 있어요. 그걸 해보지도 않고 아스팔트가 현실이며 황토는 관념이라 한다는 것은 잘못된 것이죠." 그렇다. 아스팔트가 현실이 아닌 것도 아니지만 그렇다고 반드시 현실도 아니다. 이게 말이 안되는 소리라면 변증법도 말짱 헛소리일 따름이다. 삶이 그렇고 시가 그렇듯이, 변증법이란 것도 사람끼리의 만남을 믿고 그런 만남 속의 제 마음을 믿고서야 가능한 것이리라.

어쨌든 『만인보』 연작이 순조롭게 진행되어 시인의 입산, 환속, 방황의 시기를 거쳐 80년대의 아스팔트로까지 진출하는 장면을 그려보면 실로 가슴 두근거려지는 바 있다. 이는 결코 남의 일에 두근거림도 아닌 것이, 한 대작의 완성이 문학하는 누구에게나 남의 일일 수 없다는 단순한 뜻에서만이 아니라, 아무리 뛰어난 재능의 시인일지라도 남들이 함께 살아주고 싸워주고 읽어줌으로써만 그런 위업을 달성할 수 있는 것이며 이런 겹겹의 만남 가운데서는 우리 각각의 몫으로도 전보다 훨씬 일다운 일이 반드시 돌아오는 것임을 알기 때문이다. 그러므로 독자로서 『만인보』의 완성을 돕는 과정도 우리 모두에게 남다른 보람을 지닐 것이 분명하다. 역사 앞에서 시인의 운명이 엄연하듯이 시 앞에서 독자의 책임 또한 가없는 것이다.

白樂晴 | 문학평론가, 서울대 명예교수

만인보 1·2·3

초판 1쇄 발행/1986년 11월 25일
개정판 1쇄 발행/2010년 4월 15일
개정판 7쇄 발행/2022년 10월 11일

지은이/고은
펴낸이/강일우
책임편집/박신규 박문수
펴낸곳/(주)창비
등록/1986년 8월 5일 제85호
주소/10881 경기도 파주시 회동길 184
전화/031-955-3333
팩시밀리/영업 031-955-3399 · 편집 031-955-3400
홈페이지/www.changbi.com
전자우편/lit@changbi.com

* 이 책 내용의 전부 또는 일부를 재사용하려면
  반드시 저작권자와 창비 양측의 동의를 받아야 합니다.
* 책값은 뒤표지에 표시되어 있습니다.